攔截時間的方法

手記書

張讓

獻給親愛的父親

目錄

自序

一件不可能的事

這篇自序意外地難寫。

書稿整理完，最後寫篇自序和讀者說兩句，是件輕鬆愉快的事。誰知這次不然，寫什麼都觸礁。主要撞在手記這個形式上，其次是生活本身。

我偏愛手記，似乎總在寫手記。但這麼多年來，只出過《時光幾何》一本手記書。現在你手上這本手記味濃厚，有的地方卻可能讓你奇怪：「這怎麼算手記？」我可以理解。

以手記形式來說，這書沒有《時光幾何》那麼統一，有的已經出格進入了幻想和小說的領域，譬如〈手記小說〉的部分。然越過表面，骨子裡實在是手記，即使是「小說」，也是本著手記瞬間來去無視人物劇情的心理寫的。本想書名就叫《手記書》，最後怕太過乏味，換成了《攔截時間的方法》，「手記書」退為副題。

手記是散文門下最不討好也最冷門的一支。若說散文所以為文就在於散，那零碎支離的手記更散到無形無狀，讀著讀著便從眼角溜走從指間漏下，無影無蹤了。偏偏我就喜歡那電光石火天外飛來的字句段落，前無古人後無來者似的立在那裡，像荒野中的一稈孤草，或是路上的一顆怪石。這對作者來說有趣，對讀者也許不然。因此出手記書我總不免心虛，覺得必須做點說明預先來給自己辯護。

問題在，關於手記這個格式的特色和好處，我以前就寫過，不止一次，而且講得清楚明白。這裡不願重複，儘管也許是多慮，因為就算我說過很多次，讀過的恐怕沒幾人。可是重讀《時光幾何》初版和二版自序後，別無選擇只能回頭把原本寫的段落刪了——實在沒法說得更明快有趣。

那要寫什麼呢？

膠著在書桌前沒法進展，我起身在屋裡踱步。走來走去，走去走來。

也許不必多說，內容本身便是最好說明。

不過得說，整理這本書稿時滿腔感慨。年代不同，許多事情也不一樣了。這兩年來處於非常時期，老父病重加上搬家，千百件事掛在心頭。一不能治病救命，二不能解惑療傷，寫作似乎純是奢侈，或是自欺欺人。如果你覺得這批文字的色調有異，原因就在有個之前與之後。

從比較早，比較有遊戲和想像趣味的〈手記小說〉、〈有時想到的事〉和〈如果你在咖啡館遇見自己〉等，到探觸時間與生死的〈那時〉、〈我在〉和〈這時〉，尤其是很晚才寫的〈生命練習，2016〉，心境筆調都經歷了相當轉變。由輕快飛躍到步履沉重，可說差異巨大。物是人非或物非人非，好像整個世界整個宇宙都變色走調了。這種景物倏忽全非的感覺其實我常有，〈物世界／物風景〉寫的便是這種時而迸發的陌生感。只不過有時這種感覺來了便不走，不是短暫風暴，而是持久永遠，像心境的改朝換代。

回看《時光幾何》，也經歷這種心理和空間的轉換。那時橫跨母親死亡，這時則面對父親一步步走向終點。還有，《時光幾何》末我們從密西根搬到紐澤西，這次到了〈42記事和其他〉則告別居住多年的紐澤西搬到了南加。

且借用《時光幾何》初版自序裡的句子：「寫作這批手記的目的，在以最接近真實的方式記錄生活種種臨即的感興和發生，攫取時間永逝的動感。」

這批文字想做的，無非是同樣的事。唯獨，片刻無法捕攫，陽光無法握在掌中。全面忠實的捉住剎那，重現真相，是不可能的。事實是，時間不絕流逝，任誰也無法改變。

無論如何，字裡行間或隱或現，對時間的焦慮，對生命的困惑，以及對宇宙的驚歎是一樣的。顯然，不管在什麼地方什麼年紀，我關心的事物總是不變，尤其是對意義和價值的尋求。所以莎拉．貝克威爾的《在存在主義者的咖啡館》出版時，我遲疑一下終究抵不住吸引買了來看。不是為了裡面有答案，而是想看看那些存在主義哲學家的生命歷程。畢竟，生命是線，不是點，我要看的是那條線曲折起伏的走向，那沿路有時風雨有時晴的風景，長短幾乎無關緊要。

特別值得一提的是，〈生命練習，2016〉和〈這時〉兩篇，寫作時間都跨越美國大選，選後心情直直進了文字裡面。這是熱烘烘剛出爐，沒有經過時間和距離冷卻修改的。太燙手了，讓我不安。但這是當下感受，赤裸裸的，也就是我一心要捕捉的真相。（不過，我還是盡可能不顯得太瘋狂。）於是不再猶疑，收了進來。

取名《攔截時間的方法》，顯現了背後潛藏的，想要攔阻時間的意圖。這種與時間拔河的心很早就有，只不過隨年歲而越發加深。因為見識生老病死，越來越感覺一切不斷加速離去，直到渙散無形，有如無限膨脹奔向滅絕的宇宙。

有人說過：「一個作者終其一生只在寫一本書。」

是的，確實這樣。我好像不斷在寫一部連續手記書，靠日常靈光一閃的累積。希望你打開書，在這裡發現時間沙灘上的一顆卵石，或是水鳥的一行爪印，或是與我佇立黃昏海灘，看夕陽一點一點沉入太平洋。

手記小說

牽手

睡夢裡他的左手和她的右手在床中間相遇，便就軟軟交握。

他們結婚四十一年了。

會意字

字是故事。字是歷史。讀字和讀書一樣有趣。

思是心田，男是田力。忠是中心，忘是亡心。

早是日十，果是日木。岔是分山，尖是小大。

雙木並立成林，自明。兩山交疊成出。奇怪為什麼不是高的意思？

好是女和子，奸卻是女和干。月月並排是朋，而三女交疊成了姦！

要是西女，山人是仙。為什麼？

吾言是語，想當然。詩則是言和寺，語言的廟宇。妙！

一家美國出版社的詩集線便以「詩」這字做徽，書背英文間一個接近隸書體的「詩」字好像圖飾，雅麗別致。

請沙漠進來

請進。很意外，沒想到會有人來。誰要到鳥不生蛋的沙漠裡去？我！我為什麼住這裡？我就是為了沙漠荒涼才來的。我需要的正是沒人的地方。記得我先前住的地方嗎，好山好水吸引來一大堆好奇訪客不得安寧。最後我才覺悟必須朝人心相反的方向去，找沒人愛的地方。小心，門框矮，別撞到頭。風沙大，朝外的門窗都小，減少風沙。當然沒什麼大用，風沙翻山越嶺而來，什麼都擋不住。小門小窗，只是盡人事的一點手勢而已。既然住在沙漠裡，不如遷就宿命，把自己交給老天了。人和沙鬥，可想而知誰贏。請坐。不習慣坐地上？開始我也是不習慣，照舊放了桌椅，後來才發現一天到晚掃沙子椅子搬來搬去礙事拿掉了，最後乾脆沙子也不掃了。與其和掃不完的沙子搏鬥，不如請沙子進屋善加利用，厚厚一層沙子上鋪上漂亮地氈，再丟一堆漂亮坐墊，屋裡就漂亮又舒服了。每隔一陣把地氈拿到外面打一打，乾淨如新。不須掃地也不必洗刷，還有比這更簡單合理的安排嗎？

增刪的問題

A寫了一篇故事，完成後以第三者的眼光重讀，認為大約會觸怒五十人，

於是著手修改。改完再度重讀，認為大約會觸怒五百人，於是二度修改。改完再讀，估計大約會觸怒大半天下人，於是他滿意了，隔天寄給雜誌編輯。

B寫了一篇故事，完成後以評家的眼光重讀，覺得太過蕪雜，於是動手修改。改完再度重讀，還是覺得太冗長，繼續修改。改完重讀還是不滿意，再改再讀。如是不斷修改最後一字也不剩，完美無瑕連存檔都不必，她這才滿意了。

C想寫篇故事，寫了一句不滿意，劃掉；再寫一句不滿意，劃掉；又再寫了一句，又再劃掉。這樣五次三番，總是走不出那第一句。久而久之，連第一字都越不過去。

雪牆

這個冬天反常多雪，而且多暴風雪，一來就傾倒了七八吋。風雪當中，清早丈夫先鏟雪才能出門去上班，她早餐後再鏟一次。不過她並不特別在意，穿上大紅鵝絨夾克毛裡軟皮長靴，風兜護住頭臉，加上皮手套，站在風雪裡毫不覺冷。鏟上半個鐘頭一個鐘頭，甚至熱出汗來。邊鏟邊看雪景，感覺風吹細雪，並奮力鏟挖冰雪，竟有種反常快意。第四場暴風雪來時，剛好妹妹、妹夫兩人都不在家。妹夫因為父親生病回台灣去了，妹妹出差人在歐洲，再兩天才回家。那個週末，他們早餐後帶了雪鏟開車過去，目的在給妹妹鏟出一條進屋步道。積雪至少十五吋厚，三輛車寬的車道口給清雪車推的污雪高牆堵死了。兩人下車張望一下立即開始揮鏟工作，先挖出一個入口，再鏟出一條步道，然後一鏟一鏟擴張開去。陰天微微有點陽光的意思，但溫度在冰點以上。有的地方雪壓成冰，好像開礦。他們各鏟各的，有時說笑兩句。漸漸鏟出趣味來，天又飄起了有意無意的雪花，但他們不在意，笑自己是薛西弗斯和吳剛，一個推石一個伐桂，鏟出一條約兩人寬的步道，兩旁堆積了及腰的雪牆，好似通往什麼趣處的神祕小徑。雪花飄一下就停了，他們直起身看自己的成果，覺得雪牆可以再高，於是繼續鏟雪造牆，直到及胸，好像費里尼電影《阿瑪柯德》（Amarcord）裡那場大雪過後的街景。他們在那條雪牆間兩人寬的窄徑上來來去去走了幾回，陽光又出來了，光影中格外有種童話雪國的趣味。然後他們開車回家，她手臂有點痠，他一點也不累只是左膝有點痛。第二天下午妹妹打電話來說找人來清雪，才十五分鐘就清得乾乾淨淨，花了一百五十美元，語氣帶了歉疚。她笑說沒什麼，只後悔忘了照相留念。那天只記得帶雪鏟，完全沒想到相機。不過倒記得回頭重看《阿瑪柯德》那場雪景，還是覺得充滿童稚的喜悅，只是，只是，簡直不能相信，這次她赫然發現：裡面的雪是假的！驚得對自己眼力（以及其他官感）完全失去信心——《阿瑪柯德》她看了不下五次，竟都沒看出來！

生命表演藝術

X，法國作家，寫小說，又畫畫、攝影、旅行，最後一本小說《自殺》完稿寄出十天後自殺，才四十二歲。《自殺》沒什麼情節，全書以手記形式記錄敘述者自殺前一年間旅行美國攝影的所見所思。出書後一位英國年輕評家盛讚：「主題和形式完美無間，給讀者帶來顫慄的快感。X對人獨特透明的嘲弄到達了巔峰，我們與其悲悼他早逝（反正於事無補），不如浸透裡面讓人心碎的憂傷，與只有童年才可能的狂喜。」一位美國老牌評家卻尖酸貶責：「X極力冷嘲熱諷成人世界，其實只是藉此掩飾自己對童年伊甸的眷戀與對責任和義務的恐懼。《自殺》是那種典型幼稚自戀而卻身段眩人的作品。無疑對風格至上的現代讀者來說，X雷射刀似的文字加上把生命當作表演藝術的自殺行動，便是酷到無法形容的巔峰了。」

這是《自殺》書裡的片段：

「你『選擇』在三十七歲時自殺因為根本說不上是選擇，而是剛好在三十七歲這年你突然有了一切恰到好處彷佛春花極盛正好收場的感覺。對你這感覺具有無上的意義：你太明白人生大多所謂的選擇其實是被動而非主動的，由情緒在背後掌控。情緒，或者說感情、感覺是人心最真純的東西，我們必須明白並遵從自己的感覺。不能了解這件事的人也就不能了解自殺的真正意義。只有通過自殺，你才能保住尊嚴，才擁有真正的自由。自殺者才擁有自己的生命。」

我並不真喜歡這本書，也不認為人生便是一場賺取掌聲的表演，可是在一個秋涼葉落的早晨，這段話讓我想了又想。

多餘城市

最純情的描寫：「他走過大半城市去看愛上的女子，站在馬路邊上看她住的公寓大樓裡她窗口的燈光，忽然不懂為什麼有人會花那麼大力氣建造了一整座城，在他看來只要一間給她遮風蔽雨的小屋就夠了。」

夢境

好似在某餐館裡，忽然他轉頭看見父親站在那裡，大吃一驚問：爸你已經死了在這裡幹嘛？父親三年前突發心臟病死去，之後他幾乎沒夢見過他。現在父親站在面前，仍然白髮稀疏瘦削挺立，臉上一貫平淡如常的表情，不同的是周身散發微光，帶笑說他只是想看看他們。他回身招弟弟過來，他見到父親臉色一下死白僵住了。這時妻子過來把父親帶到後面去，然後夢境換了場景父親便沒再出現了。醒來他想到那夢，夢裡那種是父親從另一個世界來看他，而不是他腦袋製造了父親來訪的那種感覺，以及可惜見到父親的時間太短。晚餐時他講這夢給妻子聽，說到這裡眼睛不禁濕了。他回想初見父親的第一個反應，驚喜而不是驚懼——他毫無恐怖，雖然明知父親已經死了，相對夢裡弟弟卻懼到臉色煞白張嘴發不出聲音。似乎不太說得通，夢裡他和平常一樣冷靜理智，立刻就認出父親不可能在那裡的事實，而卻又完全接受了父親在那裡，分明是矛盾。還有是父親形容神氣逼真，給了他父親絕非幻影確確實實有血有肉在那裡，而且是從另一個地方，也許是另一個宇宙，也許是宇宙的另一個方位來到他面前的感覺。這感覺強到幾乎讓他願意接受靈界存在，當然只是幾乎，他是個物理學家無神論者，絕不相信神鬼之說。但那個感覺，輕柔，溫暖，悠長，像一道橋，如虹的橫空長橋跨越界限引渡兩岸，讓不可能的事有了可能。那個感覺，夢裡的感覺，籠罩他好幾天，然後逐漸逐漸淡了。

奇數和偶數

我認識過一個詩人。光頭，厚實嗓音，好聽的京片子。我們在紐澤西一個讀書會上碰到，談了起來。我問他筆名裡為什麼有個九字，他說不是喜歡那個數字而是碰巧，生平第一首詩是在19歲那年寫的。其實他喜歡偶數。我說我恰恰相反喜歡奇數，尤其是7。原因？偶數預示了對稱，而對稱便等於保守，等於乏味……。不對不對，他反駁，能分成兩個等份，偶數代表了寬容和穩重。偶字是偶像的意思，和真身對應，一真一假合成一雙。大自然喜歡雙數，喜歡對稱，看看我們的眼睛耳朵兩臂兩腿，看看日月季節。如果偶數象徵和諧生機，奇數象徵冒險和創新。如果偶數是和弦，奇數便是突起的高音。便談起我們各自喜歡的數字。我喜歡3、7，特別是7。他喜歡2、6、8，尤其是8，覺得字形超漂亮，完美對稱無始無終，全是軟軟的弧，一點直線尖角都沒有，優美溫暖又充滿了偶然和必然，像漂亮的女人，像兩個S抱在一起，像兩個圓相依相偎。偶數不寂寞。我沒聽過任何人形容一個數字形容得那樣好，那樣多情，一時也對8另眼相看起來。回頭去想我的7，發現和8相反，完全由直線和尖角構成。他送了我小小一冊詩集，香港出版的，書名叫《奇然與偶然》。不過這裡我寫的詩人已經不是當年遇見的那個詩人，這裡的對話完全是編造的（也許你已經猜到了），因為老實說我以為記得很清楚的細節，下筆才發現模糊不堪，只除了一點：我認識過一個詩人，那一面後便再無聯繫。我有他的網路郵箱地址，猜想早已過時，我不想去聯絡，也不想搜索網路尋訪他（其實我搜索過網路，找到了他的部落格網站，稍稍瞄了一下，對所見興趣並不是很大。）有些短暫交錯的會面純是美麗的偶然，我寧可保存那流星劃空似的記憶。我記得我們僅有的那一面，記得他的聲音笑容，還有，現在我從書架上抽出他的詩集打開，直直進到了他內在深處。

名歌手訪問

請問你怎麼定義藝術家？

藝術家就是喜歡創作的人，在生活到處看見美想要分享的人，還有就是提醒大家一些大家不願看見聽見的事的人。

你成名相當早。對成就這件事你有什麼感想？

我是個野心很大的人，從四歲開始就夢想成名（真的，不是開玩笑）。成名前我很賣力琢磨自己，也很花了一些年苦哈哈掙扎。然後，碰！一下子天時地利人和撞上，從此開始轉運。在這個社會，成功就是賣錢，我想寫好東西，可是更想大家聽我的東西。我可不想寫一些幾個評家讚好卻沒人要聽的歌。孤芳自賞沒意思，那種時代早就不再了，我也沒自大到那種程度。可是賣錢和出賣自己不一樣。你要賣錢，也要能接受自己，在討好市場同時，你不能降格到瞧不起自己的程度。無論如何每天晚上關起門來，你得要面對自己。我對自己的要求是維持一定水準，聽眾對我一定也有同樣要求。若我突然降到面目全非，大家也不會接受的。

能不能舉個例子？

你這是存心害我？指名道姓我不能，只能點到而已。

對年輕剛出道的藝術家，請問你有什麼指點？

成功就是本事撞上時機。本事就是天分加上苦練。如果時機來了而你沒有本事可以表現，那時機也就白費了。所以在時機到來以前你要不斷苦練，這樣一旦時機來了才能一把抓住。

可是你不能否認也有很多非常出色的藝術家卻沒能得到你這樣的成就，相對也有根本就非常普通的藝術家卻大紅大紫。

沒錯，這就是時機的兩面。時機就是運氣，運氣是不認人的。絕頂才氣卻沒能大紅大紫的人只有一句話可以解釋：倒楣。

所以倒過來也可以說你這樣有名只是運氣比別人好囉？

如果你非得這樣說的話！哈，原來你是轉彎抹角損我！

同與異

這兩人絕頂相似而又完全不同：

一個幾乎時時刻刻都想到自殺，另一個幾乎時時刻刻都想到吃。

作家定義

1，喜歡寫作的人。

2，經常寫作的人。

3，不寫作就活不下去的人。

4，靠寫作維生的人。

5，自以為是的人。

6，以任何形式發表過作品的人。

7，寫暢銷書的人。
8，書蟲的另一種說法。
9，說假話的人。
10，愛受吹捧的人。
（複選題。）

涸

這句話烙印在我腦裡像揮之不去的蒼蠅：
「我怕除了一杯白水再也想不出別的點子來。」

錯誤

譯者翻譯的小說終於出版，收到出版社寄來的書急忙翻閱，前後跳讀沒見錯處或瑕疵，正竊喜自己譯筆高明，翻到一頁竟發現中間一個沒校出來的同音錯字，頹喪至極，過不了幾行又撞見一個拙劣異常不可能是出自他手筆的句子，譯者來來回回默念推敲無數次就是無可開脫地糟，眼睛冒煙瞪著書頁，不明白自己千小心萬小心之後怎麼還是犯下這樣不可原諒的錯誤，該死的電腦錯別字，漸漸頁面那可憎的句子開始蠕動游離，忽然跳出書頁在半空化成一隻猙獰怪獸張牙舞爪朝譯者撲來一口吞吃了下去。

我的臉

鏡子裡那張臉不知是誰，反正不是我。聽見我這樣說你若不是有點會心，大概會覺得奇怪。但沒什麼好奇怪的，也許你和你的臉同步進退完全合一，我不是，我和我的臉雖不是仇敵，也不是朋友。我們形神分離，我不了解我的臉，不知道我的臉表現的是誰，擺不脫控制不了，不能為它負責拿它沒辦法。

希望你相信我的話。我知道大家看見我，也就是，看見我的臉，馬上就覺得看見了我。雖不能說他們這樣想是錯的，但起碼可以指出他們所看見的只是他們心中的投射，是一個假設和真實的疊影，也許虛構的成分還大一點。也許你有這樣經驗，望著鏡中影像，忽然不知看的是誰。就好像有時寫了一個字，卻發現越看越不像，儘管明知就是這樣寫沒錯。對鏡時我看見心目中的自己，那個超越物質超越時間的人，那個人未必以別人看見的樣子出現。有時我發現在想自己時其實並沒有臉，而是抽象的，一個沒有臉容的概念。我不是什麼迷人或醜陋的人，只是介於美醜之間讓人見過即忘的那種普通長相。我也不是特別愛美或格外關心外表，對自己的臉我事實上相當冷淡，態度上若即若離。在見了這一串我我我之後，你知道我長得什麼樣嗎？你不知道，但覺得有點知道，有點印象，好像真的見過我，就像聽到收音電台廣播員的聲音後心裡隱約有那人的形貌一樣。我和我的臉間，也就類似你和那個你沒見過的廣播員間，隔了一層想像，而這一段差距可能不止千里。你不知我是男是女，是好人壞人，但你覺得認識我，聽見我的心聲，勾畫我的相貌。不久前照鏡子（這些年我盡量不照鏡了），發現天啊鏡中臉比我自以為的那個真正的我老了起碼三十歲，重了二十公斤。我心目中的自己還停留在年輕時代，大約高中大學階段，絕不是這個小眼倒掛下巴雙層的癡肥朽物（連臀部都有了自己的臀部，簡直！）不，我不是我的臉，擴張說，也不是我脖子以下的部分！很多年前，某人問我為什麼臉色猙獰好像和人有仇，我大吃一驚因為我正在心饞什麼美食口水直流，沒想到臉上卻露出如昆蟲的表情……。你的表情有點怪，是不是我的臉？它又說了什麼？別理它，不管它說什麼，都不是你以為的那個意思！

故事故事

你到倫敦機場搭機回紐約，發現原先班機因一場熱帶颶風侵襲取消，你換機飛到芝加哥打算從那裡搭火車回紐約，到了芝加哥機場發現火車也因風暴取消了，你於是陷在機場等候下一班機，打開帶在身邊一直沒時間看的小說。最先出現的是作者，閒閒說你也許不會從頭看起，也許會先翻到書封底看看簡介和推薦，也許會翻到最後一頁，也許從中間隨意跳閱，也許充滿好奇也許無所期待只求不要太糟，小說家想盡辦法遲延故事，甚至推翻故事存在的可能說其實沒有故事只有片段偶發事件，人物來來去去事件生生滅滅，小說家和你東拉西扯不慌不忙，就是沒有進入故事正題的意思，講的雖然也算有趣，扯得久了畢竟搞得你不耐煩（你已經抬頭東張西望了不知多少次），你不要小說家和你這樣婆婆媽媽講些不相關的廢話，你要故事趕快趕快開始。終於故事進入第一章，場景是某火車站咖啡館，絮絮叨叨了些雜碎總算才聚焦在一個女人身上，最後敘述者和女人一同離開咖啡館，故事似乎真正開始了。你不太清楚，因為作者儘管東彎西繞就是不好好講故事，你很快煩了，除了不斷抬頭看候機室來來往往的人，果真如作者預測的開始翻到後面找有意思的段落看，想也許這樣可以加快節奏給故事一點活力，便這樣順跳倒跳全無章法看得一頭霧水，旅行到家後擺在床頭興來便又翻翻，還是東跳西跳老看不完，卻別有趣味。你發現最後你看的不是作者原來寫的那本書，而是自己重新組合拼裝的「海盜版」。你在意嗎？不在意。作者在意嗎？不在意。閱讀本來就是隨心隨機的再創作，沒有作者能阻止讀者這樣「五馬分屍」的讀法——看書本來就無章法可循，故事原本理直氣壯的章法只是作者雄辯的才氣，誇張來說是一種強加的心靈「暴力」，是有才創作的人與生俱來的霸權，由讀者在另一端接收來完成。簡單說，作者和讀者間是願打願挨的關係。而有的作者更貪，想像一本永無止境不斷自行重組更新的終極之書，不管你什麼時候打開見到的都是一本全新的書，譬如波赫士的短篇〈沙之書〉裡面的印度奇書，就像圓周率那一串神奇數字，絕不重複永無盡頭本身就是永恆就是無限。這樣一本書取消了讀者的自主權：你對書毫無控制，只能做個絕對消極的接收者。對面另一個極端是《西遊記》結尾唐三藏師徒千辛萬苦才取到的那部《無字天書》，儘管無字你只要瞪著書頁任想像天馬行空，不管什麼時候閱讀都不一樣，都是一本新書。又或者有另一版本的《沙之書》，不管從哪裡起看都行，書會預見讀者心意自行發展。你要這樣一冊萬卷日新月異的《太極天書》嗎？其實這樣的書早就有了：當書本遇見讀者的時候。每個讀者以自己的方式閱讀，即使最「乖」從頭順序讀到尾的讀者也以自己的方式給所讀的書做畫龍點睛的「簽名」——這是每人將所讀的書「據為己有」的方式。我們可能擁有同一本書，可是進到心裡的那本書不一樣。至於那些「不乖」的讀者，不管是在一本書裡還是幾本書間跳躍，這跳躍便相當於某種程度的改寫：擷取書中片段以及生活情事編織一本完全不同，只特屬於你自己的新書。書本來就不是靜止的而是不停流動分散匯合，一本書從不是一本書，而因不同人或不同時閱讀持續變化。等於書本身不斷在重寫，儘管未必是出於作者或讀者蓄意。書的本質是時間，時間的本質是變化。書即是變，變即是生機。故事不是故事，是時間，是內在的新陳代謝外在的物換星移，是一刻到另一刻生生不息的細微變動。噢所有那些你所無法預測無法把握的！你以為擁有書便擁有了故事，卻不知故事不斷在奔逃幻化，因為你不斷在奔逃幻化。這是真正的故事，真正的書。

我不在眷村長大的童年

不知從什麼時候開始我成了眷村子弟。

幾篇學者論文裡說我是眷村出身，一本新近出版的散文選集作者介紹裡說我早期散文很多寫的是眷村生活，其他零零星星類似的說法恐怕不少。是怎麼回事呢？

我的童年切成兩段：前段金山，後段永和。金山之前爸媽似乎還住過板橋和十二坪。媽後來說那時沒工作沒錢，無親無故，她又老生病咳個不停，租了間破陋小屋，下雨漏水颱風淹水。我一點印象都沒有。維吉妮亞．吳爾芙記得嬰兒時坐在媽媽懷裡媽衣服的花色，還記得躺在小床裡聽見海潮拍岸的聲音，我的嬰兒期是一片空白。我們腦袋怎麼決定什麼記得什麼不記得？而不管那決定是怎麼做的，無論如何不是「我」做的——那時還沒有「我」的意識。

我最早的記憶似乎是在爸爸辦公室裡，坐在一位阿姨膝上，聽她對爸說我有多聰明可愛。那時我圓臉肥頰，額前疏疏瀏海，頂上媽給我紮了兩根沖天炮，一對鬥雞三角眼露出不以為然的凶光，神氣活像日本漫畫裡淘氣的櫻桃小丸子。我淘氣嗎？那時上幼稚園了嗎？抱歉，實在是記不清了。但記得那天下午在爸辦公室裡有兩個阿姨，徐阿姨和李阿姨，一個漂亮一個不漂亮，是不漂亮的那個說我聰明可愛，漂亮的阿姨也說沒見過這樣可愛的小女孩，能不能借用讓我和她們在旅館過一夜。爸先說會給她們添麻煩，她們一直說不會不會，喜歡還來不及。爸就答應了，於是回到家後我歡天喜地和媽說，她也覺得兩位阿姨新鮮，替我準備了牙刷，晚飯後爸帶我到阿姨住的旅館。那晚我記得唱歌講故事給阿姨們聽，我會唱什麼歌講什麼故事？天知道！只記得她們一直笑，就像在爸辦公室裡一樣。她們是誰？從哪裡來的？

在金山租的是雜貨店隔壁，房東便是雜貨店老闆。我們住後面，由通雜貨店的中間門出入。前面大廳空著放了點雜物和一些寶相莊嚴的深色大罈子，用來醃蘿蔔乾和豆腐乳。有次房東太太開罈我正巧經過，她讓我探頭看罈中寶貝，原來是一塊一塊黑壓壓毛茸茸難以想見能吃而且有人要吃的玩意。大廳門檻高高的，正好當馬背來騎。剛搬進去時媽鄭重告誡門檻千萬不能坐不能踩，一定要抬腳跨過去。大廳厚厚的木門總上了閂，除非有特別場合不開，因此烏黑一片帶點神祕好似等候什麼大事發生。我們有時在裡面探險，也是在這裡我們演出了自己獨創的「電影」，不過這是後話。

我們住的後進包括一間大灶台的老式廚房、一個吃飯起坐的小「廳」和一個「大」統鋪的小臥房，沒有浴廁。廁所在房東家後面養了幾頭大黑豬的豬圈邊上，兩個台階上去小小木寮裡一個深黑可怖鐵定出大頭鬼的臭毛坑。洗澡用一隻大澡盆在廚房大灶旁進行，冷水拿水筒桶從後院井裡打了提來，熱水當場燒，冬天時坐在澡盆裡泡得身上紅通通倒也很覺享受。這時從天外飛來一幅早已淡忘的影像：後院貼牆站著一棟現代水泥浴室，有門有窗，裡面貼了一色純白閃亮瓷磚，讓人讚歎的寬敞豪華，房東顯然是有錢人。但那浴室只是孤單站在那裡，門窗緊閉，從沒見房東家人用過（當然是輪不到我們用的）。

那個家現在看來恐怕窄陋破爛，那時不覺得，陰暗倒是真的。小屋裡一共只有兩個開口：臥房面對後院天井的一扇小窗（很喜歡那口水質潔淨清涼的淺井），和廚房的一道側門。屋裡陰沉沉好像洞穴，也許因此我記得的事大多發生在戶外，在門前大街上。我記得兩旁連棟帶騎樓的整齊紅磚屋，到小學要經過的一片稻田，和大街直交平行的三條公路，還有怎麼走到菜市場、公路局車站、溫泉公園和海邊。據說我曾孤身走到車站上了公路局班車到基隆，再給基隆站裡的人放上下班車送回金山。我做過那事？那時多大？三歲？四歲？那麼點大的小人兒就有那樣壯遊，簡直不下玄奘西行取經和阿姆斯壯登陸月球。我對那毫無印象的小小孩肅然起敬。我另一個「壯舉」據說是把大弟坐的推車推進大水溝去了，害他沾一身螞蟥嚇壞了媽。我會那麼壞做那種事？一定是意外。也是毫不記得，只好本能地宣稱無辜自衛。之後那勇敢的小小孩就乖乖長大，沒再有過類似壯舉了。

記得那時金山街上沒有小吃店和麵包店，但有糕餅鋪和雜貨店。雜貨店就是我們隔壁那家，老闆是個精明小氣的人，但他讓我玩他桌上玩具似的金屬小秤子。隔兩家是木匠行，和氣瘦黑的木匠在一片木香裡刨木料，那來回刨的姿態流利優美，捲捲的刨花薄如蕾絲好漂亮。木匠還示範給我看怎樣在木材上畫線，不是用鉛筆而是用墨斗，從裡面拉出一條沾了墨的黑線輕輕一彈，就有了一條筆直黑線。好神！後來永和我們巷口有家小棉被行，看老闆戴白口罩穿圍裙背一把大弓繞床遊走彈棉花像在造雲，也是一樣感覺。不過那家小棉被行不久就不見了，拆了改建樓房。菜市場對面有家冰行，大大一間，工人拿長長鐵夾拉巨大冰塊走來走去。雖然完全開敞，那冰庫似乎龐大幽深，帶著神祕。菜市場邊上還有家漫畫出租店，有我坐在小板凳上看漫畫等媽買菜的印象。愛的漫畫像《濟公傳》、《陳三五娘》，總是古典故事。這時懷疑也許那些漫畫是後來到了永和才看的，記得老隨手畫人，斜飛鳳眼櫻桃小嘴雲鬢細腰水袖，就是漫畫裡的古裝美人。等長大有了自己的審美觀，不愛尖臉小嘴，喜歡眉目爽朗英氣瀟灑的美。

我最要好的朋友是許英倩，長得好看性情又好，只是有點愛哭，若問到她爸媽的事一定淚水汪汪可憐樣。她好像沒有爸，媽在很遠的城裡做事不常回家，和外祖母住在街上唯一的兩層樓裡。她家一樓租給一對老夫婦，前廳裡一進門就是張橫長的繃子，上面用金銀線繡了漂亮生動的龍鳳，不知是供寺廟還是戲團用的。那老先生眼珠暴突身有異味，喉嚨總咕咕作響運痰然後呸一聲吐在腳旁的痰盂裡。我怕靠近他，可是真愛看他繡的金龍，拿手去摸龍頭龍眼龍身都立體浮出布面蠢蠢欲動直要騰空飛去。後面角落是一台縫衣機，老太太縫東西用的，不記得她縫什麼了，好像是戲服也是亮閃閃的。往下走不遠有家織毛衣店，放了一台織毛衣機，老闆娘刷刷刷來回，毛線就織成了一片片，有的衣身有的袖子，最後再拼合縫成整件毛衣。常有主婦和年輕女人聚在店裡談論最新毛衣顏色款式，隔壁理髮燙髮店也是人來人去鬧哄哄，收音機裡總大聲放流行歌，熱鬧幾乎可比菜市場。隔條街上有家專紮冥宅冥器的店，有紙人紙房子紙家具紙車紙花紙草應有盡有，那些主調白色有彩色屋頂欄杆的亭台樓閣漂亮逼真像玩具國，只為了在葬禮上火化帶了一絲陰森華麗。

生病了看醫師得順大街一直一直走下去，好像快要把街走完了才到。診所在左邊，跨高高的門檻進去是個穿堂，左邊診所後面住家。不知為什麼我到過裡面，好像有個很寬敞的天井。中年女醫師風度高雅冷靜，讓人放心。打針前她拿出一個可愛的小玻璃瓶，用一片薄沙餅在玻璃瓶的細頸上劃一圈輕輕一掰瓶頸就斷了。她診所裡的瓶瓶罐罐非常神奇，磨藥粉的白色小碗小杵我覺好玩，連包藥粉的白色方紙那樣正正方方恰到好處摺出一包包的藥粉我也覺可敬，好像她給了我些沙餅和藥包紙帶回家玩。

還記得頭髮油油嘴臉討厭的鄉長，可是前任老鄉長的女兒是我幼稚園的老師，漂亮脾氣又好我非常喜歡，她總是穿合身的洋裝配白色秀氣的矮跟鞋。每天上課第一件事便是伸手檢查指甲看有沒有帶手帕口罩。手帕可以擦鼻涕用，可是口罩？那時沒想過為什麼要帶口罩。當然是為了預防傳染病，但什麼傳染病？那時沒聽過禽流感、炭疽病毒。沙眼和頭蝨流行倒是常見。

總之，媽在小學教書，爸是公務員，我們不認識任何軍人，住的更不是眷村。我們生活在簡樸的鄉下人間，自己也是鄉下人。媽請了個像大姊姊的女孩來帶我們，大約是高中生年紀，膚色黑黑的，無辜大眼溫和的笑容，脾氣非常好，因此給我們欺負。她左臂上有一點青，便是我們不知哪個用尖尖鉛筆飛刀射到扎的。我們好愛她，離開金山時很捨不得。後來她也到永和來幫了我們一陣，沒待久就走了。我仍可清楚回憶她的表情眼神，可是怎麼都想不起她的名字，倒是想起了那個幼稚園老師叫李惠謙。便是在她的勞作課上我發現了畫圖，最主要的是我發現了色彩，以及我是那些顏色的主人，我的天空可以是從沒見過的藍，我的鳥可以是從沒見過的五顏六色。畫圖的喜悅先於閱讀，是一種前所未有的狂喜。文字的喜悅要晚一點，在開始學造句以後。

所以後來那些人是哪裡得來的錯誤印象呢？我可從沒寫過自己住眷村。無疑是經過猜測或推測，根據我文字裡的蛛絲馬跡。然而，我沒給過任何有關眷村的「蜘絲馬跡」。

爸後來調到了永和，我們最後也搬到了那裡。

永和是另一個世界，童年的田園段落於是結束，城市階段開始。中興街十巷裡的家是棟圍牆紅門裡的獨棟日式老宅，兩廳五房加上廚房浴室，和金山的黑暗小屋比起來無異豪宅。那老宅有許多特異：抽水馬桶，以前沒見過；有個添加的二樓房間；屋旁有個汲水幫浦，代替了金山後院的那口淺井；後面廚房邊上有個混凝土防空洞，幾個台階下去，裡面積了水，黑壓壓陰森森儼然出妖魔鬼怪的地方沒人愛去；防空洞頂上是一間獨立小樓，半房間半雜物間不屬於任何人名下，後來變成誰想要清靜就去的地方。五個小孩的七口之家，大家免不了有打架鬥氣互不順眼的時刻。我記得初中時代有時到小樓（可不就是詩詞裡「小樓昨夜又東風」的樓！）去看書寫東西，假裝自己是什麼特立獨行思想高超的厭世文人或哲學家，或者更過分，是什麼不出世的文學天才，拿積水陰暗的防空洞編造鬼話神話。其實小樓底防空洞邊夾在屋牆邊造成風口，是夏天乘涼最好的地方，我和妹妹會搬小凳坐在那裡揀菜，自學吹口琴唱歌，聊天看故事書，拆爸拿回來的洋人舊衣。爸有時會帶回一堆美國人的舊衣服，多是對我們尺寸過大的花布洋裝，有的純棉有的滑溜感覺像絲料，有的花色豔麗不像中國布料的圖案，我和妹妹便拆了，媽再做成我們穿的衣服。還有舊西洋雜誌，彩色印刷圖片漂亮，汽車廣告裡的汽車神氣極了，黑色馬路平滑有如絲絨，高速公路圓形對稱的交流道宛如蝴蝶結，草坪寬廣的住宅區富裕舒適。那就是美國！看那些圖片不覺羨慕，只覺新奇。那些雜誌和舊衣哪裡來的？好像爸工作上會接觸到教會人士，那些舊東西就是那裡來的。

日式房子不同於我們在金山住的磚房，磨光的碎石仔地板，油漆粉牆，偶有破洞露出竹子和泥巴的裡。我們和右鄰隔道竹籬，和左鄰卻是水泥牆。右鄰是一對姓諶的湖南籍（還是四川？）老夫婦，表情淡漠但氣質典雅，也許在大陸是名門出身，說話口音重不太聽得懂。起初和媽隔竹籬交談，漸漸熟了起來，我們叫他們諶爺爺諶奶奶。諶爺爺身材高大，鋼刷濃眉目光威嚴，不太說話開口卻聲音宏亮，猛看有點怕人，其實對我們很和藹，喜歡種花，尤其是茶花，院子裡養了許多盆。諶奶奶矮小如初中生，也剪了直直的女學生頭，抽菸，不苟言笑樣子有點像電影裡的女匪幹。有一次招待我們小孩到他們家裡吃餅乾糖果，他們家具古式，牆上掛了書畫，韻味不同。後來諶奶奶有時會讓我過去陪他們，我便帶了功課或閒書過去，不然看電視卡通，好愛卡通《太空飛鼠》和《兎寶寶》。那時我們還沒電視冰箱，不過有一台很神氣的落地收音電唱機，聽中廣電台、趙剛、白茜如、李國光、早晨的公園、司馬翔說書、小說選播，尤其是崔小萍編導的廣播劇，後來聽說崔小萍以匪諜罪名坐了牢，還有陶曉清和趙琴的音樂節目。終於買了大同電視，華貴家具似的落地而立，兩道百頁門像舞台帷幕左右開闔護衛玻璃螢光幕，附贈可愛的大同寶寶，還有以西洋名畫做封面的《大同半月刊》，每期我都從封面到封底認真閱讀，和《雄師美術》月刊一起奠定了我對西畫的認識，可以分辨莫內和馬奈、塞尚和高更、雷諾瓦和畢沙羅。那時只要有字的東西必讀，不管是什麼。爸拿回過一些省政文藝叢書，記得第一本是《遷居記》，故事淡忘只覺好看，然那時什麼都好看，如果那時有電話簿大概也會覺得好看。似乎還有《自由中國》期刊，讀到胡適、殷海光等人的言論。家裡怎麼會有《自由中國》期刊這種東西呢？是不是記錯了？極可能是記錯了，可是我分明有個隱約模糊的印象。

到永和我便上頂溪小學四年級，很喜歡班上的第一名和第二名，一個女生一個男生兩人輪流，同學間謠傳他們兩人相好，我也覺得他們很搭配。我的老師都好，但妹妹碰到了一個可怕的老師，嚴峻不足以形容，得說兇惡，除了狂吼怒罵用藤條打人外還會扭耳朵夾手指扯學生頭髮撞牆。五、六年級我的導師是周秀卿老師，是爸媽的朋友，也是個嚴格公平的好老師。在這班上我有三個好同學（她們的名字我仍一一記得：李甄、婁千雲、施康芹），我們四個幾乎囊括了前五名。第一名總是由李甄和林明紀輪流，那兩年裡我一直若有若無地暗戀林。我從沒拿到過第一名，可是我的作文和圖畫總是給老師拿來布置教室用。那時初中聯考是小學畢業後的第一個大關，許多學生放學後都有補習。我們一群學生放學後到周老師家，小屋裡坐滿了小學生，一人一杯溫茶做植樹問題、流水問題、雞兔同籠問題。上了一天課過後還得補習應是苦事，但這時回想找不出一絲苦楚，反倒有點共患難的溫馨好玩。是後來回想的美化嗎？結果政府宣布九年國民義務教育，避過了初中聯考，那些補習幫我考上衛理和光仁兩家私中。衛理比較貴，又遠在內雙溪，因此我就上了埔乾的光仁。周老師和大姑同住，周老師賺錢主外，大姑照顧家裡，還領養了一個女兒，這樣關係不同尋常，然從沒聽說過同性戀這種事，只是兩個女人的家庭而已，沒什麼了不得。周老師和另一位鄭老師都是爸媽在金門小學的同事，有時兩人會到家裡來喝茶聊天。據爸後來說中興街有許多金門人，他似乎認識不少。

巷頭巷尾各有家雜貨店，氣氛全不一樣。巷頭那家是媽的學生家長開的，夫婦一起照管，有時去是先生看店，有時是太太，而不管誰看都一樣和善，兩人面貌之純樸厚道是沒人可比，哪怕只是做你三毛五毛生意。他們還兼做煤球（比我們家廚房燒的那種粗糙許多，嗆得媽直咳），後面便是工地，堆了煤炭、泥沙和一落落疊起的煤球。巷尾雜貨店也是一對夫婦合力經營，那兩人有點勢利嘴臉，氣味和巷頭夫婦差多了。這店比較大，東西比較齊全，堆得滿坑滿谷糖鹽醬油掃把雨傘都有，店中深處還有一架黑色公共電話。一次不知為什麼爸要我代他打電話給某人，給了我電話號碼和講什麼，我便到雜貨店去。一邊撥號碼一邊心怦怦跳，接通了跳得更厲害了，直到放下電話。不過就是對個話筒死物講話，怕什麼呢？就是緊張到好像上台演講，甚至更糟。

巷頭還有一家大觀工藝社，鋁皮頂木板搭的違建式小店，住了個總是笑咪咪彷佛樂天知命的中年人，做給人刻圖章漆招牌的生意。我們上下學來來往往都要經過他，聽他笑咪咪（其實我不太喜歡他那有點諂媚的笑臉）用帶了外省口音說上學了放學了的例行儀式。我對他深感好奇，後來寫進了小說裡。另一位頂溪小學的美術老師也讓我好奇，姓名忘了，樣子倒是記得，方方臉有點鬥雞眼，黝黑，頭髮茂盛，身材高大厚實，表情卻是只有大男人特別會有的那種溫煦。一年暑假我曾和他學畫墨竹，還去過他住在滑梯下三角間裡的家，在那裡他給我看他用螃蟹殼畫的各式國劇臉譜。他是退役軍人嗎？為什麼單身住在那窄小有如雜物間的地方？不寂寞嗎？我隱隱覺得裡面有什麼我不了解的東西，但他總是木訥微笑，談他的墨竹和臉譜似乎無所多求。他很誠懇，我也很用心。是他在美術課上教大家怎麼紮風箏嗎？還是另一個美術老師？沒把握，但記得自己在家用細竹和棉紙紮風箏然後在巷子裡跑放，不太飛，老是很快就墮地了。我後來遇到的美術老師也多是流亡來台的單身漢（包括何懷碩、黃鈞老師），臉容漠漠背後有點國破家亡的心酸（因而美感必須苦澀嗎？），開口便露出鄉音，但沒人有他那種樸質淡然的氣質。現在想起來，這個教我畫墨竹的美術老師我也曾寫到了故事裡。

在描述這些童年記憶裡的人物時，我發現多多少少帶了點裁判，有的人虛偽勢利，而有的人善良樸質。這時回看不禁奇怪那些道德判斷是哪裡來的。是憑藉直覺或切身經驗嗎？還是不知不覺借取了身邊大人的判斷？又或是最單純的好惡中已經含帶了道德裁判的成分？道德其實是天生而不是後學的？普魯斯特在他的史詩式長篇《往事回憶錄》裡重建過去，以童眼描述成長期間各層各色人物，也往往帶了道德判斷和分析，甚至出現了形容某少女是「專精邪惡的藝術家」的說法。現在重讀我不禁狐疑那些道德評價是幼年的他便已察覺，還是多年後出之以成人之眼的理解和評斷？我不相信他在小時候便能看出人與人間那種種微妙的自欺與欺人。一個人的感情和道德教育過程究竟是怎樣的？事後重建的過去有多少是當初原貌？這是重建和閱讀過去時會遭遇的疑難，特別耐人尋味。這裡我只能點到為止，笑中存疑。

同時自問：這些我記得的都千真萬確嗎？還是半記憶半編造在紀實虛構之間？大多記憶雖然清晰卻又有點閃爍，而有的鮮明如在眼前便不免疑心是腦袋自編自導，難說究竟有多真確。畢竟，記憶是個時刻不斷瓦解新生的東西，像隨口撒謊的人毫不可靠。

記得一個陰雨天，一群小孩在我金山家陰暗的前廳聚集蹲在牆邊看「電影」，票價是五根火柴，沒有五根兩根也行。所謂電影是玻璃紙上畫了圖捲在火柴盒裡，再一點一點拉出來用手電筒照著映在牆上看。我不記得那電影畫的故事，但記得大家的興奮。是誰的主意呢？誰畫的？誰的手電筒？是大家合力想的嗎？是我做龍頭嗎？似乎是我，絕大可能不是我。不，我知道不是我。那是誰呢？某鄰家大男生嗎？無從記憶。但整件事既清晰又朦朧，我幾乎可以一口咬定真真發生過，卻又懷疑是自己在哪篇小說裡編造過的情節。不管是真是假，那影像歷歷，更真確的是一群小孩圍聚看自己土製電影的喜悅，比到戲院去看真電影還開心。

好像為了讓事情更混淆，去年爸說他算是退役軍人，所以有榮民證可以到榮總去看病，我們聽了眼睛大睜，想不出他以前明明是小學校長算哪門軍人。他說八二三炮戰時上級下令他必須隨軍留守金門不得撤退到台灣，就因他身分是軍人的緣故。這不是存心找麻煩嗎？老爸講到八二三炮戰時嚇得屁滾尿流的事極其精采，不過那是別的故事了。

無論如何，榮民證與否，我的童年不在眷村，但有許多老兵和流亡的外省人穿梭其間倒是真的。童年的無知無邪背後，是戰亂餘波震盪的辛酸悲涼，滲進了孩子心裡，滲進了我後來的文字裡。

有時想到的事

存在主義兩種

熱帶颶風過境前夕，超市人潮推擠搶購。

一對老夫婦堵在貨架間走道上。老婦倚著購物車前後左右張望，對老頭說：「我不知道往哪邊走。你知道嗎？」

「我也不知道。」

瑜珈課終結，教師讓大家平躺如屍：「放鬆，放空。接下來的幾分鐘，你沒有事情可做，沒有地方可去。」

夢裡的天空

沒雲的天空看不出高度，只是在那裡。

夢裡那片天空，微亮，淡藍，鱗片細雲均勻散布，顯得特別高。我們站在那裡，在那片特別高，高到不可思議的天空下，浴在彷如珍珠的柔和光澤下，鵠著頸子看。好高的天空，美麗，神祕，從來沒見過。不是地球的天空，不是人間的天空。

怎能美到那樣呢，夢裡的天空？

醫者

去過敏醫師診所打一周一次的過敏免疫針。

凱斯醫師一見我們立刻大聲說：「我今天耳朵整個塞住了，聽不見。」

「怎麼了？」我問。他把耳朵湊近來，我對正他耳朵大聲重複。

「過敏。」

「可是，可是，你不是專治過敏的嗎……」我幾乎不好意思說。

「所以你就知道為什麼許多精神醫師都是自己有精神問題！」他幾乎是大喊說。

大約和我們差不多年紀，凱斯是個細心醫師，不惜長時間和病人討論病情，甚至閒聊，從不給人匆忙打發的印象。從多次閒聊中發現我們有些類似經歷，譬如都在安娜堡念過書，都熟悉匹茲堡，讓我們對他更感親切。唯獨一點讓我們對他有所保留：太胖，腆著個地球儀肚皮，腳步笨重，簡直是蹉地而行。身為醫師，他怎麼不好好照顧自己呢？如果連自己都醫不好，能指望他醫好我們嗎？我們不免狐疑。

過了一周再去，他頭髮剪短了，露出耳朵怯生生像個小男生。

「你耳朵怎樣？」

「好多了！」他笑答。「今年花粉特別多。地球暖化，花粉問題一年比一年嚴重。」

「有個疑問，我有個朋友對花粉過敏，試同類療法有效推薦我試試，不知你對同類療法（homeopathy）看法怎樣？」

「啊，同類療法！過敏針其實就是一種同類療法。基本上，醫療有兩派哲學，異類療法（allopathy）和同類療法。異類療法的治療手段是壓制症狀，同類療法剛好相反，給病人造成症狀的微量病原來幫身體自行調節回復正常。……」接著凱斯醫師飛快談論同類療法的德國起源、流行於德法等歐洲國家以及在美國的興衰起落當今現況，越談越眉飛色舞，在我們以為快要結束時他又轉而談到另一個整骨療法，旁徵博引（包括電視劇和漫畫），足足三十分鐘聽得我們發呆，完全沒想到他會知道這麼多。終於他意識到早已超過我們最初的好奇自行打住，給我們打了針。

「你是個很有意思的醫師。」我們本以為他會大大嘲笑同類療法的。

「只因這剛好是個我有興趣的題目。另一個我有興趣的是高速公路休息站，尤其是賓州付費公路上的休息站。要講的話那就更沒完沒了，已經耽擱你們太久了。」

卡夫卡請客

美國作家莉迪雅．戴維斯有個短篇〈卡夫卡做晚餐〉，我起碼讀了九次。更精確說應該是大體上讀過五次，有些段落六、七次，有些句子八、九次。說讀過起碼九次當然是誇張，可是你不能否認那數字立刻讓人「起敬」。

第一次是在四年前，其他次則是在最近幾年裡零星讀的，有時是看到有關戴維斯的報導，有時是看到有人引用她的句子，或是在收音機上聽到她接受訪問，或是讀到談卡夫卡的小說或生平，都誘我回去看她的短篇，尤其是這篇。戴維斯真正有名的是翻譯，她譯的《往事回憶錄》和《包法利夫人》都備受好評，其實她也是個傑出的短篇小說家。

第一次讀覺得這故事奇，很單純的一件事繞來繞去幾近莫名其妙，媲美卡夫卡自己風格詭異的作品。說奇是正面意思，指好玩有趣高度荒誕。沒什麼故事，就是講卡夫卡要請一個心愛女子來晚餐，為了要煮什麼翻來覆去沒法決定，彷彿受到什麼重大迫害。他本想做馬鈴薯，卻又不斷反悔。

有種理論認為計算某個字在一篇文學作品裡出現的次數可以幫助理解那作品，所以我挑了幾個字算算。馬鈴薯這字出現了八次，訂婚出現了三次，金龜子一次，德國七次，捷克兩次，猶太一次，快樂九次，親吻一次，愛、父母親和雨傘一次都沒有。不過別太相信這裡列舉的數字，和數字有關的事我是一點都不可靠。我的世界不是以數字而是以文字和圖像構成的，從來沒法回答人家你什麼時候大學畢業、美國人口多少這種問題，連自己年紀都會搞不清。一個弟婦恰恰相反，她熱愛數字，面對一堆數字整理出頭緒便極快樂。她說一次在路上遇見某個很久不見的人，一下想不起那人名字，可是他的電話號碼像股票指數閃過眼前。

老實說不覺得計算字詞出現次數對欣賞或理解文學有什麼幫助，還是引用原文的老法子比較管用，譬如，故事這樣開始：「我親愛的瑪琳娜要來的日子越來越近，我心裡充滿了絕望。」最後一句：「有人說過我游泳的樣子像天鵝，不過意思不在恭維。」描寫絕望：「好似被迫將一根釘子捶進石頭裡，好似我既是錘子又是鐵釘。」描寫心安：「我心情平靜，久久走過城市好似身在墳場。」描寫失望：「我為出生而悲哀，為太陽的光而悲哀。」描寫謊言：「即使最美好的演說裡面也包藏了一條蟲。」即使這樣舉例也沒什麼意思，無論如何，你畢竟沒讀過這篇故事。這裡的一鱗片爪對你也不過有如風聞，你要自己去逐字逐句看才漸漸感覺到這個人確實奇特。

想像的力量

每晚在眼皮後，傳來轟轟倒塌的聲音，是構成「我」的屋頂梁柱牆垣門窗桌椅床鋪盤碗逐漸瓦解崩潰化為廢墟塵土。

隔晨那個還不是「我」的我張開眼睛，再一磚一瓦重新架設起來。每天我重複這個奇蹟，而我並不知自己是怎麼辦到的。

有時想到的事

有時想到什麼事情。從不知道什麼時候會想到。忽然某種意念侵入，不知從哪裡來的，一下就在那裡，盤據了你整個腦袋。

有時覺得生活只是無盡重複的無聊，有時心情大好不解無聊從何而來。

有時自問：馬路上這些駕車轟轟來去的人到底在忙什麼呢？

有時忽然非常非常想吃白淨的稀飯配爽脆的蘿蔔乾。

有時想念父母兄弟想得心痛。

有時覺得一切已到了盡頭。

如果你有退後一步的聰明，便會明白：

你的腦子不盡然是你的。你所謂的自己也不盡然是你的。從一個感覺到另一個感覺，從一個念頭到另一個念頭，你並不在掌控。神經訊息在你腦裡飛來飛去，根本沒想到你，直到決定做成，事情發生了才發簡訊給你。你是個消息最不靈通人士，活在後知後覺卻自以為先知先覺的幻象裡。你永遠慢一拍，錯把過去式當作現在進行式。

有時腦中一片空白。

不過這是謊言，你腦袋從沒空白過，那片空白是你的意識還沒銜接上意識底層繁忙的活動——那裡好像貧民窟黑社會，總是充滿了精采熱鬧的亂七八糟，你不知而已。在那裡走上一遭你會迷失，甚至害怕。這傢伙是誰？不可能是我！於是你趕緊退出逃命。

有時想到這些事。它們要來就來，由不得你。

有時寧可不想到這些。

詩

詩人撕下一片自己寄給世界。

故事

什麼是故事（或非故事）？

鳥在空中鳴喚，狼在原野上呼嚎，風聲忽忽掃過樹梢和平原，海潮不斷起起落落。然後你可看見，草間蜿蜒的步徑，空中的飛鳥航線，汪洋中的海路……？

故事，不盡是語言文字。空中有煙雲氣味，沙土上印著足印：鳥跡、獸跡、人跡……。蘇東坡的「人生到處知何似，應似飛鴻踏雪泥」，也許重點不在「人生」兩字，而在「飛鴻」，畢竟人只是生物界的一環而已，人的故事必得嵌在大自然的故事裡面。

周遭盡是故事：牆壁出汗流淚，石塊龜裂長出地衣，風在嗚咽呼號，蟲聲唧唧。放眼到處是不絕的低聲細語，百萬年億萬年的悠長敘述。不知從哪裡始，哪裡終。

遇見一個鳥詩人

春日尋菇，才剛走進戰地公園，一陣絕妙鳥鳴讓我們停了下來。

嘹亮悠揚的長句，比通常的鳥鳴都長，起伏回盪，沒有一個音節重複，分明充滿了意味——不是近似語言，而必然是語言，帶著靈性的語言。抬頭尋找，終於發現那鳥高高棲在樹尖（太遠了看不清是什麼鳥）。我們安靜等牠的下一句——這樣精采的抒發想必還有下一句。

無聲。還是無聲。

就那麼一句，絕句。

干擾

在聽一首歌時想到另一首歌，張口卻怎麼都唱不出那另一首歌的曲調。

平常神話

據說最初就是太虛，然後在那虛中霍然一個大霹靂迸出了「有」來。

無怎能生有？沒法解釋。就像非生命怎麼造出了生命，一樣沒法解釋。最根本的說法是無孕育了有，無生帶來有生，冥頑通往意識。之間是靈智或想像必須做的光年跳躍，沒先經過這一跳躍便不可能企圖做任何解釋。也就是說，所有「解釋」底下都有個無解（無法證實）的泥沼，那些看來鞏固可信的解釋不過是建在流沙上的城池，像鏡花水月海市蜃樓一樣可靠。

首先從最切身開始：光是這個「我」就難以想見，是一長串不可能之後的可能。「我」怎麼會在這裡？「我」的腦袋怎麼測知外在？又怎麼知曉自己，乃至知曉「知曉」本身？

從「我」再擴張出去涵蓋宇宙萬物，一樣是難以想見，是無數不可能之後的可能。從這無數不可能到眼前鼻尖可看見可聞嗅可觸摸感知的事實，是我們面對的奇蹟中的奇蹟，除此無以形容。

沒有神話比我們日日面對的現實更神：不須借助妖魔鬼怪，我們就是神話。

怎麼解釋這不可能的可能？正因不可能，才要拚死拚活尋求解釋：出於好玩，出於好奇，出於無聊，以及，出於內在那無法消除無法擺脫的迫切，譬如關於意義和價值之類種種。於是從這個人人皆知的事實（我在、物在）跑出了完全相反的說法：一說歸諸神靈，如宗教所說；一說歸諸自然本身的演化，如科學所說。宗教和科學都試圖解釋近乎無法解釋的事物，出發點相似，角度不同（唯心、唯物），而結果往往無法相容。由同一件事導出天南地北的理論，是人類從來的老笑話。指鹿為馬是顛倒黑白，指著和尚罵禿驢是拐彎罵人。前者扭曲現實，是威權；後者以機鋒嘲諷現實，是藝術。威權以暴力來說服，藝術則出之以遊戲。

人類歷史充滿了這樣內在的矛盾，無止無休的傾軋鬥爭。信神的是人，不信神的也是人。可能是朋友，可能是敵人。都必須活在同一個地球、同一座城鎮、同一條街上，甚至同一個屋簷下、同一張床上。

我們總在尋找解釋，尋找歸屬，在融入和拔出間尋找定位。唯獨我們所認知的現實可能完全不實，我們可能生活在一個大腦所建構的神話裡：我們活在幻象裡，不自覺的認黑為白、以無為有。譬如所謂芋頭番薯的對立，不就是意識形態的建構，一種形式的栽贓嗎？

也許我們以為的時間並不存在，也許過去現在未來並不是一條線，也不是一個圓，而更像一張影碟，或是一疊撲克牌，所有時間都在那裡，我們可以隨時瀏覽任何片刻，而且可以加速往前或倒轉。也許薛丁格的貓既是活的也是死的；也許我們既在這裡又在那裡。而我們在驚懼排斥時間不存在的同時，不已經在信神信鬼的行為上表現出徹底接受了嗎？

所有的解釋推到底便會撞到一堵「牆」，不管那個解釋是唯物還是唯心。

這是我們必須面對的，終極的笑話：一長串的知，通往最後的不知。

所以一條繩索沒法直立半空，但星球完美懸在太空。
所以存在本身便是奇蹟，但人類仍不斷尋求奇蹟。

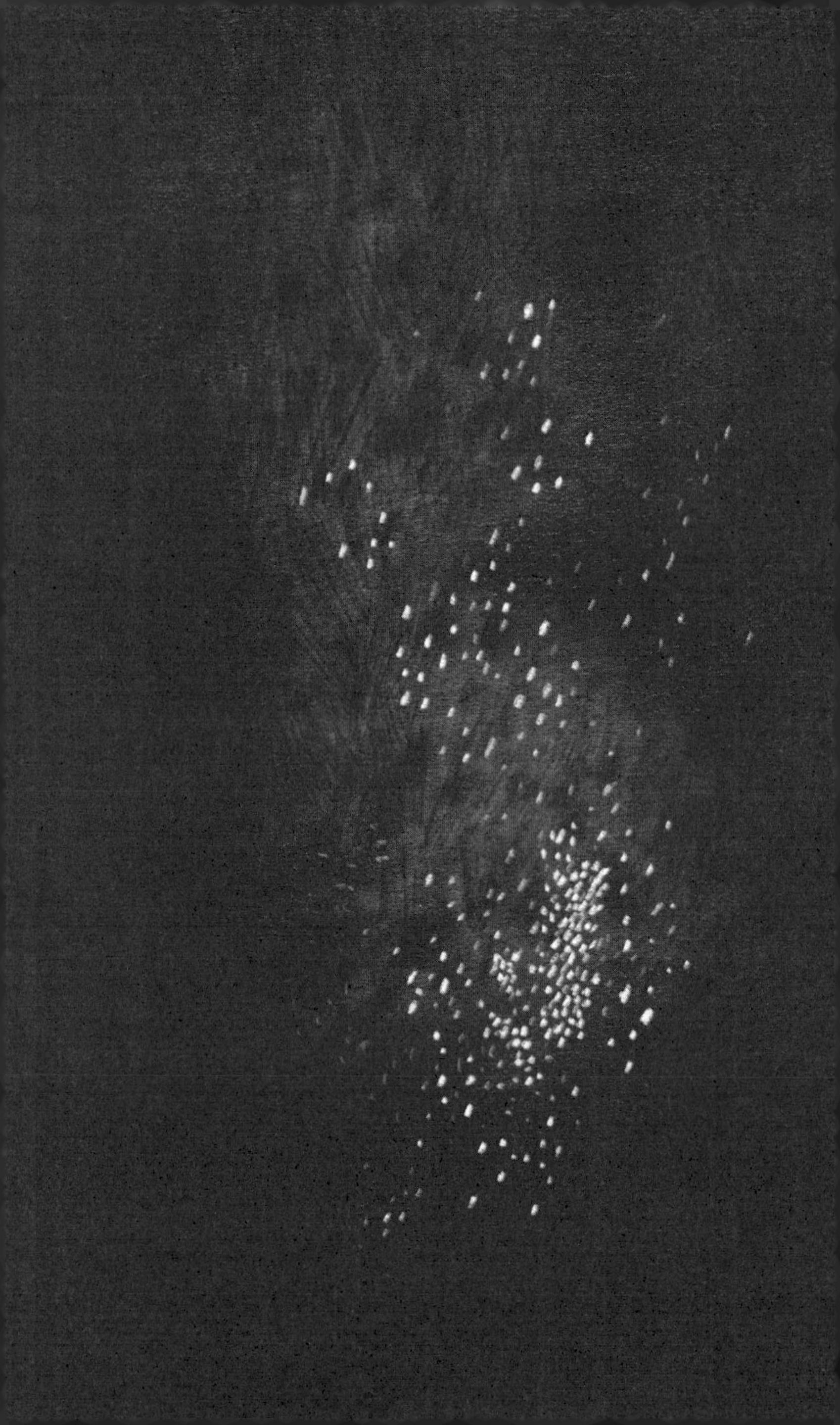

過於喧囂的寒顫

周末你到最喜歡的書店去，像往常一樣優閒瀏覽，在那熟悉的喜悅當中卻有了點不一樣的感覺。拿起這本翻翻放下，又拿起那本翻翻放下。你檢視自己那微帶不安的新感覺，找來找去一時沒法定位，終於在那堆錯綜的感覺間找到了一絲線索：不是很強的，而是隱微的淡漠。對這些書，你不像以前那樣在乎了，代之以這些書是沒多少人（包括你自己）要的漠然，因為現在你幾乎只買電子書，指尖一按「書」便到了iPad上，簡直連等都不必，除非那幾秒鐘的下載時間也算。啊，是的，你已經是個紙本書的叛徒，徹徹底底變節了！可是掃視書架和平放展示的書，淡漠中你又察覺到一點失落了什麼的惆悵：這些曾激起你強烈渴望的書好像一下子變成了等候秋決的死囚。這想法一生立即觸動連鎖效應，一陣秋意漫天席地而來，忽然好像不只是書店，而是原則理想傳統習俗一切都在蕭條敗落，盡頭就在眼前，只因你這無足輕重的讀者不再像以前那樣熱情。緊接你讓想像飛越時空（在書店裡你的想像力超強）看見了書店變得小而殘破（只差關門），擴展開去你看見整個人類文明化為一片瓦礫廢墟，你就站在廢墟間，冰風一層層刮掉身上熱氣凍得你發抖。然後你發現自己真在發抖，外面炎陽高張而書店裡冷氣冰寒，凍得你嘴唇發紫手腳麻木。於是匆匆走出書店，在人行道上找到一張靠背木條椅坐下取暖，愉快看人行道上繽紛的人群，仿似從噩夢中醒來慶幸發現世界完好如初，而書店門口許多人進進出出熱鬧就像以往，你不覺微笑，又想要回到書店裡去逛了。

過幾天你在收音機上聽到田納西州某鎮書店一家接一家關門，直到一家都不剩了（就像你那天在書店裡恐懼的），於是當地一個得過普立茲文學獎的女作家出頭和人合夥開了一家。女作家接受訪問說：「若你是個寫書的而卻沒書店賣書，怎麼辦？只好自己開了！」記者說：「抱歉得這樣說，可是現在我都買電子書。」女作家答：「好啊，原來你是我的敵人！可是老實說，身為作家，只要是讀者，不管你是買電子書還是紙本書，我都歡迎。至於我自己，我還是喜歡有家書店可以去逛的那種感覺。我不是個科技通，那種什麼事都在電腦上動動手指唸個咒就行的，方便是方便，我覺得太隔太遠簡直不太像真的，我需要不時就有出門的藉口，譬如去買菜、坐咖啡館、逛書店跳蚤市場、耙院子裡的落葉……」

聽著聽著你覺得女作家說的就是從前的自己，不禁想到捷克作家赫拉巴爾的長篇《過於喧囂的孤獨》裡那個專壓舊書廢紙綑包的敘述者漢嘉說的：「我讀書的時候其實不是讀，而是把美麗的詞句含在嘴裡，嘬糖果似的嘬著，品烈酒似的一小口小口呷著，直到那詞句像酒精一樣溶解在我身體裡……」

幾乎可以說你以前也是那樣深情款款地看書，先是虎嚥狼吞，漸漸學會了細嚼慢品。只是現在你已變節，不再有資格那樣說了。變節以外，你還不願承認的是墮落：現在你的 iPad 上有許多從網路書店下載的樣本書，因此你「什麼」都讀而且讀得飛快號稱幾乎所有新書都看過，就是因為止於第一章甚至不到一章這樣淺嘗即止的二十一世紀讀法。所以你什麼都知道一點，腦袋裡面一堆亂七八糟鬧哄哄，喧囂震天式的無知。而你斜睨自己家中數千藏書，算計哪些可以報廢，交由漢嘉去處理。他成天處理廢紙卻嗜書如狂，家中處處塞滿了書，連床鋪上頭都搭了架子堆書，害他睡覺時夢到書堆坍方把他壓死。你不能想像他三十五年如一日的熱情，他家裡那滿坑滿谷窖藏的書讓你不寒而慄——不，你不再是個藏書狂，你不能活在那麼多的紙本書裡！現在你每天都痛苦萬分地陰謀暗殺家裡書架上的每一本書。

如果你在咖啡館遇見自己

你不會在咖啡館遇見自己，除非在量子力學的宇宙裡。然可以想像有一天走進常去的咖啡館，一眼瞥見角落那張你偏愛的桌子已經有人占了，那人就是你。如果有靈犀相通這種事，應該就發生在你們之間了。也許就在你發現另一個你時，那個你也正抬起頭來，你們目光交錯，充滿了驚愕和好奇，同樣想法閃過腦際：是你！怎麼會有這種事？然後不自覺間你已經移步過去，那另一個你也以目光邀你坐下。再一次你們目光相遇，這次在同一高度。你們同時發言：原來你是這副德性！讀到這裡也許你已經自動假設這兩個你是同樣年紀，有過同樣經歷，你們是一個人的兩個複版，在一個時點占據兩個空間位置。若是這樣你們只能像同時播放的節目不斷同時說相同的話，交談便不可能。比較有趣的是另一個可能：你們來自不同時間，也就是你們並不同年紀（暫且不計較差幾歲）。比較年輕的你和比較年老的你互相好奇打量，一個驚訝自己記性之壞，一個詫異時間磨損的力量。你們交換歷史和未來，彷彿宇宙在這個時空切口釋出它過往來今的祕密……。然則你們會說什麼呢？會得到否則不會知道的智慧嗎？宇宙運轉的機制容許你們那樣相見交談嗎？如果那個機制容許無足於道如你我存在，為什麼不呢？不過，波赫士在公園板凳上遇見自己，然那只是一場夢；美國喜劇演員路易和童年的自己並坐屋外，然那是電視劇。因此還是要說你不會在咖啡館遇見自己，只是如果真的發生了，不免有許多可以想像。

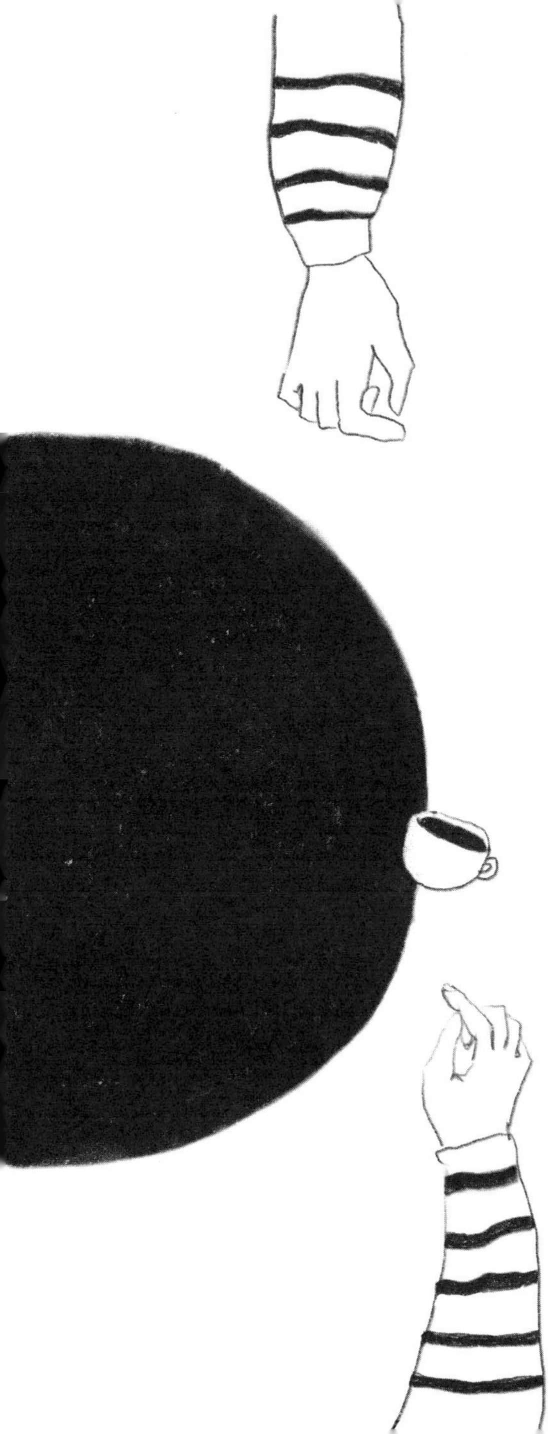

擺在所有事物隔壁

「我們像一樣擺設
（時時刻刻），擺在
所有事物的隔壁」

零雨這些詩句，似乎暗藏了什麼，讓我想要悄悄收在口袋裡不時拿出來把玩，或者嵌在某篇文字當中像含笑的不速之客，或者單單是它自己，獨立在一整頁的空白之中，沒有隔壁沒有事物只有自己和自己將說未說的話互相玩笑。

或者，給它一個前句，變成：

「總是在靜聽、觀察、猜測、想像、分析和重組，我們像無關緊要的東西擺在所有事物隔壁。」

至於怎麼接下去，已經忘了。

物世界／物風景

1

花非花。霧非霧。白馬非馬。
物非物。我非我。

風景：剪刀，綠色陶瓶裡紫色乾燥薰衣草，黑色桌燈，三個灰色鵝卵石，
一顆淡紫淺黃螺旋貝殼。
風景：桌子，椅子，桌上一隻玻璃杯，幾本書，一盒各色原子筆。

奇怪的是，它們看起來冷冰冰，面無表情，不像它們自己；或者，根本就是它們自己。總之，和人，和你，和我，一點關係都沒有。

不知為什麼，這些桌椅杯子書筆躍出日常象限，掙脫平時定義它們的功用，進入一個完全屬於自己的象限。桌子不再是桌子，而是四條腿支住一張平面，玻璃杯是一隻透明開口的圓柱體，書是印了符號裝訂在一起的紙頁，原子筆是一根尖頭管子裡面裝了一根更細裝了墨油的管子。還原到人類意識約束以前的狀態。

風景：安達魯西亞高速公路上車輛飛馳，夾道兩旁一排排開放粉紅花的夾竹桃，左前一座小山岩側影如印第安人漸漸靠近，右邊更遠，藍天下，一座白色城鎮緩緩在後退後退。

所有這些：夾竹桃，山岩，藍天，白色城鎮，只是自己，坐落在那裡。可是在經過的人，譬如我，眼裡組合成悅人景象，好像為了我而美麗。好像，在我和物間，有一條無形臍帶，意義的血在裡面流過。

或者，是我，我們，無聲在召喚，給萬事萬物命名，說你是椅子，你是桌子，你是風景，你為我服役，為我而存在。這種「意義感」似乎天經地義，直到某個時刻，出於不可知或可知的理由，意義崩塌，連結斷絕，所有元素游離開去。風景消失了，而是這裡一棵樹，那裡一塊石頭，前面一片草地，後面一座遠山，中間一條河，各自站在那裡，遙遙相望而互不相關，宇宙成了一個冰冷荒蕪的所在。

多少時候，我們所見事物悄悄經過這樣一種位移，倏然不可辨認。就像有時鏡中的臉不似自己，而是什麼陌生人，或是一個字明明是對的，卻怎麼看怎麼不對勁。

然後，同樣出於不可知或可知的理由，那陌生冰冷暖化，錯誤贗品之感消失，一切歸位，回復到可理解可欣賞，我們可以認識熟悉擁抱在其中呼吸行走歡笑讚歎的世界。

2

里爾克寫塞尚能夠畫出物象的本質，譬如他的蘋果已經不是一般可以拿來吃的蘋果，而是蘋果自己，和吃一點關係都沒有了。這說法有無限魅力，讓我對著塞尚畫冊裡的蘋果看了又看。確實，他的蘋果有種不同尋常的堅實，不像真的，可是有種吸引人的東西，我說不上來，也許是尊嚴。

維吉妮亞．吳爾芙長篇《波浪》裡，描寫銳利的陽光打進房間：「照到的東西充滿了神奇。一個盤子好像是一座白色湖泊。一把刀子好像是一把冰匕首。忽然間玻璃杯在一道光線照射下顯現了自己。……樣樣東西都沒有陰影。一隻罐子綠得眼睛似乎給漏斗吸進去像貝殼黏住。然後形狀有了體積和邊緣。……」

一個又一個句子如潮湧來，每個句子如她所描寫的陽光帶著光亮，照明她所見的景物，也照明我們經常渾沌粗糙的意識。忽然在意識的照耀下所有原本朦朧幾近不在的東西跳了出來，所有微不足道的物件都熒熒發光宣布自己，每個通常遭受忽略忘卻的時刻都這樣豐盈，充滿了意義。

讀她便是進入她的意識，進入一種冰雪聰明的境界，我們豁然也跟著聰明起來。放下書即好似影片倒轉，意識光源消失，回到了原先愚拙遲鈍的狀態。

而迥異在塞尚和吳爾芙凝視下鮮明迸出的物世界，另一種不顧我們，遠離背棄，崩塌消逝的現象。在梁秉鈞《游離的詩》詩集〈廢墟中的對話〉裡：

「……然後，逐漸的，牆壁緩緩無聲的塌落，窗戶消失了，樓梯和花園不知被什麼吞沒了，路牌和門牌在暮色中溶化了。所有那些讓我們感到熟悉、賴以辨析的符號，在新起的晚風中離我們遠去，但覺一片新涼。……」

好個「但覺一片新涼」。

攔截時間的方法

1

初春。在家附近散步，揀了個精巧的小小鳥巢，回到家把兩年前揀到的一顆完整土耳其藍知更鳥蛋放進去，再配上一個靛藍貝殼。喜孜孜左看右看，好像面對什麼藝術品。

2

世界年輕，因為你年輕。

世界老去，因為你老去。

3

從來死神無時無刻不在狩獵，靶子無時無刻不對準了我們。

我們只偶爾驚覺這件事。

4

第一個悶熱慵懶的春日，已經開始想念秋冬的寒涼甚至冰雪。

賤！簡直要踢自己。

5

午後在家附近散步，來了一隻紅色小瓢蟲在膝前飛行前導，我帶笑跟隨，讚賞牠一身漂亮的紅，直到牠轉向飛走。

多年前在新墨西哥搭皮筏遊河，一隻蒼鷺不即不離，忽而在前忽而在後，也是陪了我們好一段。

6

在公園步道上，聽見背後越來越近的講話聲，聽不清講什麼，可是憑聲調起伏節奏感覺是中國話，有點像台語。說話人趕上越前了，兩個中年男子，話聲清楚還是沒聽懂半字，看面貌是中國人，起碼是東方人。

7

春來多雨清涼，近兩周末到公園尋菇，前所未有的大豐收。先是找到幾簇龍葵，隔周找到許多「紅酒菇」（我隨意叫的），有的叢集茂盛，「巨大」有如蘑菇叢林。

B專心採集，我守望警衛，一邊看景。當晚便吃菇，味道不怎麼樣。

8

正在寫一批有關記憶的東西，問B和他雙胞弟K小時記憶。

K說他五歲時，一次坐在電視機前，突然意識到自己坐在那裡看電視，進而想到會意識到自己存在是件多麼奇怪的事。

還有，大約差不多年紀，一次他聽見外面鳥叫，覺得小鳥是他的朋友，很想捉一隻來，就是捉不到。去問媽媽，她給他一個鹽罐子，教他：「撒鹽在鳥尾巴上，牠就會做你的朋友。」可惜怎麼都做不到。

B十歲時，一天清晨四點醒來睡不著，便打開百科全書看關於腦子的部分，才兩三頁，說明腦子各部位名稱而已，這才覺悟：原來科學家對腦子知道的很少。

9

老友Q在電話上說離婚了，我問：「那是不是表示正在物色第四任老婆？」

「沒有沒有！我現在自由自在，快樂得很，不要老婆了。」

「你不是沒老婆不能過日子？忘了當初為什麼找第三任老婆了？」

於是說給他聽。那時他已經和第二任老婆離婚了，一次重感冒病懨懨沒人伺候，悟到沒老婆照顧不行，於是登報招妻。就是在這樣情形下找到了第三任老婆，不過是朋友介紹就是了。

「這是你自己當時在電話上告訴我的。」

「真的啊？」他毫不記得。

10

英國作家裴樂娜琵．賴芙黎晚年在回憶錄《飛魚和菊石》裡，寫她一直都有做日記的習慣，多年後回去再看，發現裡面寫的都不記得，而那些留在腦裡的卻都沒寫進去。好像有兩個腦袋，各有不同選擇。至於它們怎麼挑選，她毫無控制。

11

英國劇作家艾倫．班奈特在《倫敦書評雜誌》上發表的二〇一三年札記裡，提到新書《妮娜寄上》（作者妮娜年輕時在倫敦做保母期間給姊姊的書信集）裡面有許多地方提到他，說他擅長修腳踏車和診斷家庭電器的毛病，和他心目中的自己大不相同。一個讀者網上回應，引用了他一九八〇年代札記裡的文字，寫到他喜歡修理單車電器等物。記憶不可靠的又一個例證。

12

到紐約州鄉下恆斯湖過周末。周日B操獨木舟在湖上釣魚，我和三人去爬附近小山。

傍晚釣完魚回到屋裡，B說：「今天湖水特別美，我差點哭了。」

13

《小王子》作者聖艾修柏理最後一本書《風、沙和星》裡寫到：

幾個撒哈拉沙漠的摩爾人到過法國，見到宏偉大城與種種科技文明毫不豔羨，獨獨讚歎那一棵又一棵的樹。

14

作噩夢大聲呻吟吵醒B，經他安撫又睡著了。

醒來一點都不記得夢到了什麼，這是第一次。恐怖到叫出聲的夢以前總記得。

又夢到獨自在一陌生屋裡，擠滿了家具，角落上一株罌粟花，扎根在牆角，忽然枝葉像藤蔓往前伸展，觸鬚（怎麼會有觸鬚？）閃動上下四方探索如蛇信，彷彿知道在找什麼，到了對牆抓緊書架，然後用力一扯將根拔起投擲過空中，重新在書架腳扎根。

我只是驚得張大了眼，竟來不及害怕。

15

朋友翻看我一本舊作，指著一處咄咄逼人問：「像這句，有什麼意思？我看不出來！我的意思是，有什麼特別，值得寫下來的？」

「沒什麼意思。就像是給那一刻拍的快照，是什麼就呈現什麼。沒有思考，沒有詮釋，就是那個片刻的樣子。」

「可是這有什麼值得寫下來的？我看很平常。標準是什麼？」

「沒有標準。我覺得有趣而已。」至於為什麼有趣，就沒法說了。

16

車行高速公路上，經過一棟獨立廢屋，尖頂，破窗，晚冬晨光斜斜從背後照來，照亮破玻璃窗，彷彿一朵無邪白雲，棲在那空屋的光亮裡面。

17

朋友電郵寄來《中共網評員工作手冊》裡面的兩條（我改了幾字而已）：

「四、網評員要善於隱瞞自己真實身分，必須有多個不同網名，而且個個表現不同風格。必要時，可由不同小組成員製造網友辯論的假象，然後由第三方推出強力證據，把公眾輿論導向第三方。」

「八、海外網站較難控制，不能主導輿論時，可採用大量短貼、無實質內容貼、非理性貼進行刷屏，令版面充斥無意義的混亂，使讀者失去興趣，達到避免反動思想傳播的目的。」

18

美國詩人瑪雅．安姬妻小時遭人強暴，她告訴家人，結果那人為親人所殺。她頓覺自己聲音有生殺力量，於是整整五年不說話。

19

黃昏時在家附近散步，天色從金黃粉紅到淡紫靛藍，鳥鳴不絕，彷彿置身什麼絕美境地。

炎陽下走感覺便完全不同，有時喚起青少年時代生命乾涸天地洪荒的心情。

20

人到晚年不免沉思死亡，尤其是詩人。

美國詩人瑪可欣．庫敏在〈容許我〉裡想像死亡到來時的情景：

「突然而又安靜地，朋友環繞

——約翰．密爾頓式的——

可是誰能選擇這樣爽快的終結
瘦而不殘，所愛就在近旁？
—容許我有那樣的一天。」

21

拿一隻熟透鱷梨（就是奶油果），去皮裝盤，直走切成八片，澆上白醋或檸檬汁，撒點鹽和現磨黑胡椒，然後享受那微酸綿軟有如蛋黃的滋味。

22

文學裡最貶人的句子是什麼？
英國《衛報》讀書版做讀者調查，結果是《飄》裡白瑞德對郝思嘉講的那句：

「坦白講，親愛的，你的死活關我屁事！」

編輯另外挑了十二個例子，我覺這兩句最出色：

歐威爾：「他只是空中的一個洞。」

馮內果：「如果你的腦子是火藥，連你的帽子都炸不掉。」

23

史作檉在《哲學觀畫》結語裡坦承「說來好笑」，他花了五十年研究哲學，「直到七十歲才決定要脫離哲學的桎梏，想當一個自由而活著的藝術人。」

好一場理性與感性之爭。

想到自己內在經常的交戰，不能不拍桌給他一個：讚！

24 坐在迷宮書店角落瀏覽手中的書，瞥見旁邊凳子上一疊書，隨手拿起最上一本毛姆旅遊文選《懷疑的浪漫者》翻開，頭一章便是寫他年輕時在安達魯西亞的日子，讀到這樣段落：「天藍藍的，空氣溫暖舒適。日子過得去，更何況一切都輕而易舉，沒什麼必要去自尋煩惱。當生活只須這麼一點點就可以了，何必急急忙忙積聚錢財？何必沒完沒了地看這些書？何不就輕輕鬆鬆，有什麼取什麼就好了？……」很貼心的話，即刻決定買了。

後來去了西班牙的安達魯西亞度假，本來是打算到普羅旺斯的。

25 臥床不起多年的婆婆斜靠在床上說：「有時候我問自己：我在這裡做什

麼？」

我問：「你寧願已經不在了嗎？」

婆婆重複我的問題，沒有回答。就像當我問：「你對身後世界有堅信不疑的看法嗎？」她只微笑喃喃吟唱「身後世界身後世界」，沒有回答。

快要九十歲了，仍酷愛巧克力，對世界還是充滿好奇。

26

在書店付賬，身後也等候付賬的男子說：「你這一身搭配恰到好處。」兩手上下一比畫將我從頭到腳連背包提籃都收攏進去：「好像是從電影裡走出來的。」

我付完錢幾乎是懊惱地丟下一句：「才不像呢！」匆匆走了。

隨後講給B聽，講著講著方才覺悟：應該就接受恭維，大大方方跟他道謝的。

27

大雪過後，積雪七八吋。早餐完和B出去鏟雪，一鏟一鏟像愚公移山。左右鄰居也推了鏟雪機忙清理自家車道步道，轟轟轟完工便來幫我們。忽然有了鄰里便是鄉親的感情。

28

天邊一抹烏雲漸移漸近，威脅要籠罩一切。什麼亮光在前面招引，誘人欣然奔去。年歲的區別，感受時間的兩種方式。

29

最經濟撼人的詞：紅粉骷髏。

短短四字將時間的可怖壓縮到一個剎那，兩個重疊的意象。

30

無時無刻不在時間裡，時間卻是最難想像的。

除了以變化做指標，不知道怎麼想像時間。創作之外，不知道怎樣攔截時間。

忘了還有一個最自然最原始或許也是最有效的方式：生兒育女，生物式的創作。

桑德堡街手記

1

前院幾株薰衣草開花茂盛。三個品種三樣紫，蝴蝶蜜蜂飛舞。

2

患失憶症八十歲老婦見到九十歲老公，說：「啊你在哪裡剪的頭髮那麼漂亮，好像要去娶媳婦！那你娶媳婦是要娶誰啊？你若娶了新媳婦我就修理你！」

3

友人在萬里山中蓋了間小屋，周末便到那裡去拔草種樹休養生息，冒雨也無所謂。

他不是有錢人，把有限存款都砸進去了，再靠向母親和銀行借貸才做到。

他說這件事一定得做，是他「給自己做的一件小小大事」。

「貸款幾十萬台幣算什麼？我覺得很划得來！若是美金就不一樣了。」

4

所有膚淺的東西都帶了深刻，因為透露了人性本質。

5

鄰居前院一棵高大楓香樹，日前給砍了，剩下坡頂一片高高隆起，像座墳。每回走過，總忍不住一直看，悼念似的。

自家前後院的許多楓香樹，秋來落葉春來落刺果，不勝其煩，恨不得砍了。

6

消沉到了極點時，藍天都重得彷彿撐不住。

7

如果悲憫人世，不是妄自尊大？

若不悲憫，要怎樣呢？

8

很糟糕，不管是小說非小說，越來越常把一些心愛作家的作品當作變相自傳來讀了。

9

費城美術館裡，牆上是塞尚、莫內、馬奈、梵谷、馬蒂斯、畢卡索，更多，更多。有的展覽廳，光從高高的窗戶打進來，館外建築和樹木投影在紗網上，也像是一幅幅畫。遠遠，對面展覽廳另一個入口，一片紫紅螢光，人來去進出如夢，忽然，一個女子豔藍裙襬一飄而逝。梵谷〈向日葵〉前，三個小女孩跪在石凳前做臨摹素描。一個母親抱著嬰兒經過，嬰兒黑色大眼慧黠靈動，在母親懷裡轉來轉去，我像個採花賊亦步亦趨跟在後面，想要竊取嬰兒臉上那朵無以倫比的花。

看人，還是看畫？有時在美術館裡，面對現實和藝術，我會有這難題。

10

藝術無用，詩是無用的極致。

經常，你甚至不知道它們在說什麼。

11

讀詩時借來詩人的翅膀，生出自己也會寫的幻覺。

讀詩以後再讀其他，不免淡然無味。

12

他在東海大學教中國思想史，說喜歡教書，碰到假日就很痛苦。

趁機問他快樂與幸福是不是不同，他告訴我幸與福的區別：

「想要的東西得到了是福，沒想要的東西得到了是幸。後來兩字區別沒有了，都可以通用。」

13

美國最老的人瑞死了，一百一十一歲。是個原籍波蘭的猶太人，親人大多死於集中營，後來和妻子移民歸化美國。

報導短文附了一張照片，皮包骨的兩隻手，膚似透明薄膜，底下藍色血管突現，骨節巨大暴起，像是自然博物館裡展覽的東西。

「我從沒想到會活到這麼老。」他說。

問長壽祕訣，答：「沒有小孩。從不喝酒。」

李白聽見了可能會說：「不喝酒活那麼久幹嘛！」

14

大寒天，雖有陽光但氣溫將近冰點。包裹了一身出門散步。街道中間有隻死獸（也許是松鼠），一隻禿鷹正低頭啄食，見我們走近振翅飛到一旁樹上，那裡已經停了兩隻禿鷹，還有一隻近空盤旋。B停下來觀看，我怕站著更冷繼續。繞了一小圈回來，那隻禿鷹，猜想是同一隻，仍在大餐。只不過現在樹上有三隻禿鷹等候，天上還有兩隻盤旋。不見牠們打架搶食，卻很有分寸。

我對禿鷹幾無所知，除了覺得奇醜。也許牠們有先來後到或長幼有序的用餐禮儀，也許只是這幾隻特別。記得看過一個自然影片，一位專門研究禿鷹的動物學家說禿鷹是生物界少不了的清道夫，牠們名聲極壞，實在冤枉。

15

收到新版《時光幾何》，打開隨便翻翻，撞見自己說不解這句：「我們的無知更勝於知，因為我們的知識離開了生命。」想了一下立時懂了。有什麼好不懂的呢？直覺與本能有時（或者往往）勝過學習來的知識，如此而已。

16

兩則猶太笑話。

「為什麼猶太男人都要接受割禮？

因為猶太女人要七折才肯買。」

「史達林殺了七百萬猶太人和一個小丑。
為什麼殺一個小丑？
你看，沒人關心猶太人！」

17

清晨的空氣陽光使我想到童年。
童年越來越遠，卻又總不離眼角餘光可見的地方。

18

有時散步當中突然來了一個句子，或把原有句子修得更好。

19

剛才得來的那個句子哪裡去了？

20

有人說：一小塊地，一棟可以安身的小屋，安穩平淡地過日子，便心滿意足。

果真如此嗎？

21

英國作家羅瑞．李在《一個仲夏早晨我走了出去》（多好的書名！）裡寫他年輕時漫遊，健步疾行，「不覺費力又不覺阻力」，體內燒的是「魔幻燃料，彷佛滑過空氣，腳步離地一呎」，連疲累都覺得「豐滿」，睡眠舒適深沉，「像油」。

跟他一比，我似乎從沒年輕過。

22

在演化史上，樹早於草出現。這件事實總給我無限驚奇。

23

對同一件事驚奇許多次，就像聽同一個笑話笑許多次。遲鈍，或者記性不好，有這個好處。

24

在公園農場見到一片類似穀類的高草，藍綠色調，非常漂亮。

妹妹以為是小麥，經一個工作人員說明才知是一種叫提摩西的野草，給馬吃的。另有一片才是小麥田，金黃色，比較矮小，穗比較粗壯。掰一麥粒剝開放進嘴裡，硬硬粉粉的像嚼生米。生平第一次實地見到小麥田。

25

美國大夢現代白描：

郊區某住宅區一條寬大街上，兩旁大小樣子差不多的房子，房子前後修剪整齊的草坪，房子裡面一對相愛（也可能相互厭憎走向離婚）的男女（也可能是一對女同性戀或男同性戀，或其中一個甚至兩個是變性人）帶著他們生的小孩（也可能有的是自己生的有的是領養的，甚至都是領養的）養的貓狗（或是其他動物），和汽車家具電腦（越來越小）電視（越來越大）洗衣機洗碗機吸塵器組成的家庭，夢想有更多錢買更大房子裝更多東西永遠幸福快樂。

26

世界每天在老去。

醒來腦中不斷重複這句話。

27

活得夠久，便累積了一套牢騷抱怨，重複向自己向別人播送。

28

睡前讀李渝的〈交腳菩薩〉和〈寫作外一章〉兩文，寫心愛的松菜死後她發現要單獨活下去是如何困難。完全是李清照「尋尋覓覓，冷冷清清，悽悽慘慘悽悽」的景況。

整晚夢裡就是李渝和郭松棻這兩個名字重複重複又重複。

29

我們不知未來：沒人知道鍘刀什麼時候會落下。
我們知道未來：大家都知道最後一站到哪裡。

30

越來越多東西適用「驀然回首，卻在……」的句型。

31

旅行回到家夢裡還是在異國小鎮一條彎陡的石街上找路。

32

追求窗明几淨，便可能把大半生命都耗在了清掃上。

33

中文實在壞，用了電腦以後更糟。譬如要用「胼手胝足」這個詞不會唸，甚至也不會寫，只記得形音大概像「拼手抵足」，查字典才知正確發音寫法。原來「胼」（唸「駢」）是長在手上的繭，「胝」（唸「知」）是長在腳上的繭。

34

清晨散步，在人家前院楓樹下發現一朵碩大白菇，傘如白鈴，莖從根部優雅地彎上來。沒相機，回家拿了再回去照下來。回家時邊走邊想怎麼形容那菇的雄壯（竟覺有點猥褻）優美（想到深夜曇花），跑出了熊秉明的詞：壯美。

晚餐時我說起那菇，B根據我的形容和相機裡的照片，對照他的蘑菇聖經找到可能是一種我們從沒見過的可食品種。餐後出門去實地研究，發現菇傘已張大了一些，摸摸竟毛茸茸，而且有點黏滑。B跪在草地上看傘底摺子，淡粉紅。因為和毒藤長在一起，加上菇傘上的黏液，我們擔心或許有毒沒動它，空手回家。

35

那家草坪沒剪野長的人家，最近發現，撐住屋簷四根鉛筆似的柱子中間兩根歪斜了，房子似乎危危欲倒。不知是已經歪了好一陣子沒注意到，還是最近才開始歪的。

36

好像一片黃葉掉在花上，原來是一隻黃色黑斑蝴蝶。

37

蘇東坡末年的詩〈自題金山畫像〉：

「心如已灰之木，身如不繫之舟。問汝平生功業，黃州惠州儋州。」

38

夢裡獨自走在山裡一條大路上，天色昏黃，忽而漆黑一片，我怕起來，不知怎麼摸黑走下去。然後變成人在車後座，仍在同樣曲折上下的烏黑山路上，駕駛座上無人，我擔心要駛出道路墜毀了。忽然車停天亮，一切安好，我在車外和B講述一路的危險驚恐。

39

一隻黑貓走過雪地。

40

寫電子信告訴朋友我才從西班牙度假回來，她回信寫：「許久以前，曾夢見自己，穿著古服，如一僧侶，在古老的圖書館翻閱一本大書。

說的語言，很特別。」

那古老圖書館，她猜想可能是中世紀的西班牙。我寄科多巴清真寺教堂的照片給她看，回說不像她夢中的圖書館：「也許我解讀錯了。」

42記事和其他

1

這趟，我要帶你走過一段旅行和非旅行旅行。

經由搬家，也經由一本有趣的小書《在自己的房間裡旅行》。

2

花很多時間在戶外，就像在西班牙時。

兩年前夏天，我們到安達魯西亞去玩，租了一棟農屋，在山坡上，坐落橄欖園間，面對幾個山頭。我們很喜歡周遭景觀和陽光空氣，只要沒出去東奔西跑，便拉出陽篷（絕對必要），在前面陽台閒耗，非不得已才進屋。

南加新家在小山腰，外圍原任屋主整治得像花園。各色花草樹木錯雜有致，還闢了鋪滿碎木的寬敞步徑。左邊園子有一小塊地方稍算平坦，安置了一張戶外餐桌，配四張椅子，餐桌中央我們插了一隻豬肝色陽傘，可說是我的戶外書房。我常早餐後帶了咖啡和一疊書到這裡來「上工」，起碼待上兩三小時。有的日子幾乎大半天都耗在這裡捨不得進屋，讀書看景看鳥獸想事做筆記。生活簡到不能再簡，和隱居面壁差不多。

這樣平淡無奇的生活，有什麼好寫呢？說的也是，尤其是自己也常淡得發慌。

不過，我每本書都是在類似狀態下寫成的，只是這回換到了南加而已。

姑且試試。太平洋岸畢竟和大西洋岸不同。

3

這篇東西名〈42記事和其他〉，42來自篇頭便提到的《在自己的房間裡旅行》。

好些年前，到上海參加海外華人女作協在復旦大學開的會，主題是旅行文學和飲食文學。曹又方那時住在上海，講的是剛在大陸出版不久的《在自己房間》（姑且這樣簡稱）譯本，十分有趣。一年回台逛《上海書店》，發現一些陌生的法國文學作品譯本，是我偏愛的輕巧小書，加上內容不尋常，立刻吸引了我，其中便有《在自己房間》，大喜之下趕緊買了。回家讀過，果然有意思。之後放在書架上便沒再碰過，是搬到南加以後整理書箱發現了好奇抽出來看，還是覺得有意思。喜歡之餘，便生出了這本小書來（這是簡化許多的說法）。短文構成的形式借用《在自己房間》，42這個數目也是。

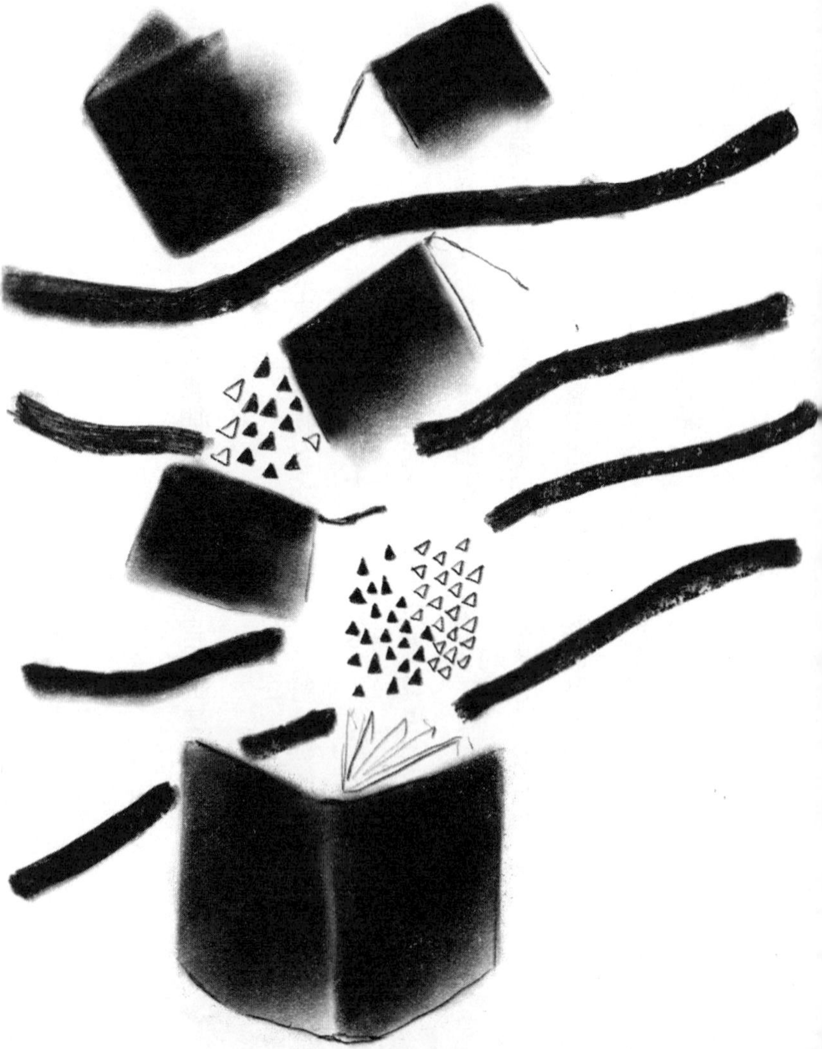

4

許多年前，我在一篇散文裡尋思人能不能不離家而旅行，答案是當然可以。那時我還沒讀過《在自己房間》，但已經有過許多坐在家中或後院旅行的經驗。現在我每天在戶外書房旅行，也就是開頭說的非旅行旅行。

《在自己房間》寫的是作者薩米耶．德．梅斯特還是個年輕軍官時，違反軍紀與人決鬥受罰關禁閉，四十二天不得出家門。他藉機安坐扶手椅上神遊今古內外時空，將心得寫成四十二篇短文，結果便是這本書。

書背簡介說「於一七九五年出版，旋即成為暢銷書，是十九世紀法國文學史上的經典作品之一」。以今天的文學市場來看，簡直難以相信。至於在房間裡旅行對現代人更沒什麼大不了，多少宅男宅女閉鎖房中遊逛網路之外，還向全球廣播自我。

問題在：有多少人達到梅斯特的深度廣度和藝術趣味？

5

《在自己房間》寫得親切有趣，淺顯易讀。就算議論也不致流於枯燥，有點童書味。

有些童書，像國語日報社出版的《爺爺與我》，成年以後再回去讀還是有趣，儘管品味比較刁，眼光也嚴苛許多，有的地方（譬如對女性的態度）不免刺眼，但那天真無邪並沒有絲毫損傷。《爺爺與我》多年來大概重看過三四回，後來發現原作根本不是童書。繼續下去可以說個沒完，還是打住回到《在自己房間》。

引些句子給你一點概念，甚至逗你微笑（因為對我便是這樣）：

「床的顏色要選玫瑰紅和白色相間的。」

「扶手椅真是一種完美至極的家具。」
「當年做錯的事何其多，可是我們多麼快樂。」
「這張書桌是我們這趟旅行國度中最美好的景致。」

6

梅斯特寫到床的顏色，我不禁也要談一下我們的床。

印象裡，我寫到床大概只有一次。因為以前喜歡靠在床上看書，左右攤的滿滿都是書，看看這本又看看那本，花間蝶似的，來去飛行的路線織出一個新世界。不是寫床，而是寫看書。近年來容易背痛，不再靠在床上看書了。梅斯特眼中風光綺旎意義深長的床，淪為純粹睡覺的所在。

我不談床，要談的是我們的床罩。不是紅白相間，而是淺灰乳白格子相間（這個搭配我說不出喜歡），以兩個清瘦方形鮮紅靠墊點綴。梅斯特說，紅白是代表喜悅幸福的顏色。那兩個鮮紅靠墊，把素淡的床叫醒，給了它心跳。

家中擺設，我總要放點紅，一隻紅椅，一條紅毯，甚至一張大紅沙發，讓空間鮮活起來。最不喜房地產業者所謂中性色，很淺的土灰土黃，介乎有色無色間，欲言又止，不敢愛也不敢恨，溫吞吞要死不活。這種唯恐表露個性的視覺貧血，譬如我們新家客廳和主臥室牆壁，正是那種誰都不冒犯的顏色，我只覺說不出嫌惡。賣紐澤西房子時經紀人第一要求，便是把廚房橘紅豔藍的牆壁漆成「安全色」，譬如白。我暗自嘆息，和伴我多年的的豔麗牆壁告別。

個人色彩，是賣房子最大障礙。相對，買了房子以後，便急於改造空間，賦予個人特色。我們新家這時感覺上和私人旅館差不多，只因還沒打上專屬於我們的烙印，譬如一牆又一牆的書架。

梅斯特又談到扶手椅——他老兄可真愛他那把扶手椅！

很久以前我也寫過椅子，這時不至於誇張到說家具當中扶手椅最最完美，不過造型輕巧坐起來舒服，又不像沙發椅那麼浮腫委靡卻是真的（最恨綿軟如雲坐下去如落入陷阱的沙發椅），因此我的剪貼簿裡收集了一些設計別致的椅子，包括扶手椅。那本剪貼簿這時不知在車庫哪個箱子裡，很想立時去找出來看，記得裡面有些相當有趣的拼貼——許多東西找不到，簡直像在新家露營，我幾乎忘了有拼貼這回事了。

7

似乎該談談打從開始就提到的〈42記事和其他〉。不清楚這「42記事」（簡稱）究竟要寫什麼，除了內在驅策，和不斷積累的札記。想法很多，往四面八方而去。很貪，簡直想把所有都寫進去，42鐵定不夠。結果是滿腦子亂糟糟，好像快精神錯亂了。幾乎每篇東西都要經過這個幾近車裂錯亂的階段，漸漸給貪心減肥，縮限過濾精簡，才變成最後苗條模樣。

8

每天在屋裡和戶外書房間來來回回，途中必然驚動蜥蜴驚惶亂竄。所謂戶外書房，其實更是野生動物世界。我很快便覺悟到：這裡是動物的地盤，牠們是主，我們是客。每當我從書中抬頭，總會發現這鳥獸世界充滿了生機趣味，就像我在看的書。

「42記事」想要捕捉的，便是這近乎針鋒相對的兩個世界：環繞左右的自然生態，和疊在桌上帶我飛越引我沉潛的書籍。說起來簡單，做起來呢？

9

怎麼捕捉外界？表達那形聲色動靜種種？

我不是個生物學家，也不是個自然書寫者，但凡碰上需要描述自然，必自慚形穢，氣餒不堪，怨嘆才氣不足，不是詩人，沒有駕馭文字的神技，最後淪入咒罵悲嘆。許多年前，我寫初到新墨西哥旅行便是那樣，滿紙呼天搶地。現在功力更差，能做的也只是以一個欣賞者浪漫但不足的眼光，做最粗淺的描繪，印象派，或是表現派式的。

另一個困難比較形上：究竟想說什麼？怎麼說？

這時，「42記事」還是一團迷霧。然則，寫什麼東西不是一路茫然摸索？問題在，不管是讀他人的書還是自己的，看來輕而易舉，絕對沒有艱難的跡象。要有心而且識貨的人，才看得出難在哪裡。

10

何必提這些呢？除了作者本人，誰會對寫作過程有興趣？

說的也是。我對後設小說從無興趣，就是這個緣故。這種小說一邊講故事，一邊又眼光倒轉拆解作品本身，套中有套，沒完沒了。喜歡玄奇手法的讀者可能目眩神搖，偏偏我最不喜歡這等賣弄。自我意識的包袱本來就夠累贅了，想要遁入文學卻又陷入文學自戀自得的自我凝視遊戲。抱歉，沒興趣，不玩！

所以伊塔羅．卡爾維諾的《如果在冬夜，一個旅人》我試過許多次，總是不到幾頁就頹然丟下。只有在放棄以後無心亂翻，忽而撞上什麼精采段落才眼睛大開，像他提到「人人都讀過，所以你彷彿也讀過的書」和「你一直假裝讀過而現在該坐下來實際閱讀的書」，正正說中了閱讀心理，讓人欣喜碰到了行家。又比如一個讀者提到看書時一旦掌握到書裡的概念或感覺，「就看不下去了，」「必須思路改變，「在不同的思想觀念和意象間跳動，產生連續的思辨和幻想，覺得有必要追根究柢，脫離那本書才有意思」，那種感覺我也熟悉。相對，《看不見的城市》和《巴羅馬先生》我便很喜歡，因為不賣弄機關玩後設，只是卡爾維諾自己，而沒有比他本人更有魅力的了，這你去讀《到聖．吉歐方尼的路》便知。

11

「我一直在想黃鼠狼的事，因為上星期遇見了一頭。我驚嚇了一頭黃鼠狼，牠也驚嚇了我，我們互相深深看了一眼。」

這句子出自安妮．狄勒爾的新書《充盈》，不久前從圖書館借來的。那天大豐收，不到十五分鐘便在圖書館新書架上發現七本寶貝，其餘包括一冊詩集、一本詩論、兩本回憶錄、一部傳記、一本議論散文。喜孜孜扛回家，忙不迭要開始。

狄勒爾已經七十幾歲，很久沒出新書了。她的書我也生疏許久，見到這本《充盈》大喜過望。儘管已經從《紐約時報》得知其實是舊書選集，還是竊喜能有一書在手，更何況導言是妙人傑夫．代爾的手筆。

狄勒爾是詩人、散文家、小說家兼評論家，她的書我幾乎都有（唉，在某個書箱裡）。她最有名的是自然書寫，尤其是獲一九七五年普立茲文學獎的《汀克溪畔朝聖》，出入詩情、哲學、科學和信仰之間，無邪，戲謔，熱切，洞徹，語不驚人死不休。代爾說：「讀她的書打開你的眼睛，再讀還是一樣。」確實，隨便翻她的書，立刻便會撞見敲得你眼冒金星的句子。譬如：「我是塊擋了自己路徑的大石，是條在自己兩耳中間吠叫的狗。」

《充盈》顯然是狄勒爾自己編選的，可是除了代爾的導言，既沒有前言也沒有後語交代，只有一頁致謝的人名，讓人奇怪為什麼這時出現這樣一本自選集。《紐約時報》的報導帶領讀者經由《充盈》重溫狄勒爾的種種精采，最後近乎喃喃自問：「這是不是表示從此之後再也沒有狄勒爾新書了？」有這疑問的絕對不止一人。

所以那天狄勒爾想黃鼠狼。我想的是一班新見舊識：鷂鷹、烏鴉、蜂鳥、藍鵲、蜥蜴、走鵑、小野狼。

從哪裡開始？

12

首先是聲音。各種動物叫聲，尤其是鳥鳴。

每天清晨，給鴨子呷呷和烏鴉嘎嘎的聲音吵醒。

本來我相當尊重烏鴉，因為牠們聰明。現在附近一大群，吵得煩。跟B說：「烏鴉叫聲那麼單調難聽，就是嘎嘎嘎嘎一個聲，長短不同而已，比起一些婉轉動聽的鳥雀差多了。語言能力那麼差，我懷疑牠們能聰明到哪裡去，說不定動物學家弄錯了。」一轉想到許多作家口才笨拙但筆下高超，才住了嘴。而且，外國人聽中國人講話生硬刺耳，大概也有同感。

B痛恨的卻是鄰家兩隻鴨，恨不得殺了，讓我納悶。鴨鳴呷呷不絕單調無趣，但不至於可恨。其實我覺得好玩，有時算那呷呷呷呷四聲八聲十聲能拉到多長。

鴨子後來死了一隻。B慶幸不已，只願另一隻也趕快報銷。奇怪，這傢伙平時心地滿好的。鄰居說死法奇異，死在籠裡。似乎什麼野獸伸進籠裡，弄斷了頸子（不過沒糟蹋，上了餐桌）。之後他們添了兩隻小鴨，歷史重演，又死了一隻，於是再添兩隻補充。毛茸茸黃色小鴨鴨，讓我想起汪曾琪的小說。鄰家四歲女兒在後院追小鴨鴨玩，我看書當中耳裡是她歡樂笑鬧和她母親叫她「莉吉，莉吉」的聲音。天籟，如鳥鳴、風雨聲、海潮聲。

13

啊，小野狼。

起初，還沒睡著或是深夜當中，經常聽見屋後什麼動物成群尖利的嚎叫，好似在野外露營。B告訴我是小野狼，他在沙漠裡的深泉學院念書時便熟悉的。有時聽聲音像在後鄰的鱷梨園裡，有時近到簡直就在我們臥房陽台上。養鴨鄰說曾看見小野狼跑過他們後院。這附近有多少小野狼？似乎很多。

伊索寓言裡，烏鴉和狐狸都是狡猾之物，屬於反派典型。

在美國印第安人的傳說裡，烏鴉和小野狼精靈多能，地位近似神祇。尤其在加拿大西岸的夸奇烏陀（Kawkiutle）印第安人神話裡，大烏鴉（raven）是造物大神，身分和我們的女媧差不多。

某晚出門回來快到家，車頭燈照見前面不遠，一頭似狗的動物過馬路進樹叢裡去了。

看見了嗎？小野狼！B說。

這下我不敢晚上自己出來散步了。如果碰到小野狼，說不定給叼走了，我說。

你身材雖小對小野狼還是太大，叼走不至於。

可是給咬上一口呢？我是真擔心，沒見過比我更膽小的人。夜裡散步，身後一片咖啦咖啦隨風跑的枯葉都能讓我喪膽。我曾有過給一片「魔葉」追殺的經驗，就在紐澤西家門前不遠街上。那片乾枯橡葉四角著地，尖端抬高猙獰「看」我，充滿邪氣，嚇得我轉身飛奔而逃。

後來在附近公園山裡，見到小野狼許多次。通常隔著相當距離，有時一頭，偶爾一雙，有時只聞成群厲聲嚎叫不見身影，剛好那次是帶B的雙胞弟K夫妻來，K用手機錄音下來。最近一次，一頭瘸腿小野狼就在前面不遠路邊坡上，意味深長凝視我們一陣，回頭從容轉身走了。那一眼是什麼意思呢？

14

慢慢地，一次一個兩個，認識了街上鄰居。總是在出門散步時遇見，停下來打招呼互換姓名，簡短交代一下自己來處。這樣點點滴滴，知道了這條街和附近一帶的歷史。

街尾五、六棟是住在這裡大半輩子的「原住民」，我們最先認識的便是這些老前輩。其餘較晚搬來的「新住民」，有的像我們一樣來自外州，甚至有個遠自加拿大，要隔幾個月才陸續遇見。

養鴨鄰是對年輕夫妻，本地人，先生帶了四分之一華人血統，帶了兩個小小孩。我們搬進來不久後，在園子裡隔鐵絲網欄和他們相識。

新家一帶不同於我們在紐澤西居住的郊區，不是大同小異草坪工整迫人的複製式住宅區（當然這裡也有許多），而是住宅、果園（橘子園和鱷梨園）和野地散漫錯雜，似隨機亂長的，起初給我半荒野的印象。比一般郊區有個性，只是我們街上沒人行道也沒路燈，晚上近乎漆黑。不過滿月時月光分明，照進臥房，真真見到了李白的「床前明月光」。

中秋節那晚，晚餐後我們上坡到背後街上看難得一見的月全蝕。只見一排椰子樹上空，病懨懨掛著一枚暗紅的圓形瘀傷，十分奇異。

15

大約每隔兩三星期，我們便會上一趟圖書館。

剛搬到這裡時，千頭萬緒沒力氣處理。兩星期後，到鎮上圖書館辦了借書證，算是到後的第一件大功。

正式安頓之前，家裡有些地方需要整修，因此書暫時都還在書箱裡，層層疊疊堆在車庫。只開了幾箱，裝不滿兩隻高窄書架，一隻在車庫角落，一隻在起坐間，是我的「殘缺圖書館」。四壁蕭然，要什麼書沒什麼書，放眼望去家不似家，冷清無味，不知這樣日子怎麼過。不禁想起作家安．泰勒的故事。她年紀大了搬到比較小的住處，很多書都給了人，後來發現沒那些書無法度日，又一本一本補買回來。

除了買電子書，我們靠圖書館救命。感謝這家圖書館小有規模，找得到想看之書，每次去帆布袋幾乎都裝滿了。我尤其喜歡新書架裡有個專放詩集和傳記的架子，近來看的書許多都來自這個書架。

16

第一次到這圖書館借的書裡，幾冊詩集之外，還包括一本回憶錄《接下來》和一本《回憶錄的藝術》。

我並不愛看回憶錄，不耐煩那逐年逐月的無窮瑣碎，自家事都沒知道那麼詳細。近年來卻發現看了不少，而且竟然大多是女作家寫的。巧合嗎？得讓我想想。

《接下來》書名其糟無比，直譯全名是《接下來的是什麼，以及怎麼去喜歡》。作者艾比蓋兒．湯瑪斯從沒聽說過，在圖書館翻了翻，抱著姑且試試的心理借回家，然後以「清風亂翻書」法，翻到哪裡，看到哪裡。

我看書未必照次序，尤其是非小說，總是立刻翻到篇目，挑感興趣的先看。梅斯特說他在房間裡旅行時，「直著走，橫著走，斜著走，既不講求規則，也不遵循方法。有時還走之字形，如果有需要，我也嘗試各種幾何路徑。」我看散文和詩集也是這樣。B不同，有天在戶外書房遞本詩集給他看，告訴他看哪首，他卻翻到最前面。

「不是特地讓你看那一首的嗎？」

「我喜歡從頭開始看。」

「為什麼呢？作者那樣安排，你不見得就得照做。」

通常我給他看書裡某個段落他就看那裡，那天例外，也許因為是詩集。

總之，顛三倒四讀下來，總算把《接下來》看完了。也許因為這樣生出了原本沒有的懸疑趣味，我愛上這書，看完立刻又回頭看第二次第三次，一式不按章法，還是覺得有意思。且看這開頭：

「等太陽乾，有點時間打發，我一直在想一個我花了好些年卻總寫不成的故事，盡量不要沮喪。……畢竟，好幾年。花在死路上，是很長一段時間。故事講的是一段三十年友情，中間被轟出了一個洞，卻仍然倖存了下來。」

短短一段，充滿了時間張力，我立刻就給吸住了。一開頭的「等太陽乾」有點玄，其實指的是她在畫畫，等畫裡的太陽乾。

《接下來》一再續借，還書後買了電子書放在蘋果平板電腦上。還回頭買了她兩本「前傳」電子書，可惜比不上《接下來》，有點後悔，又不真的後悔。因為艾比蓋兒（現在我和她親到直呼其名了）這人挺絕的，起碼在她自己筆下如此。不少次，她讓我驚呼：天啊，小姐，你瘋了嗎！

《接下來》寫友情，前兩本寫她三次婚姻，充滿了生命的曲折驚奇。寫法不同，風味不同。我不太明白為什麼特別喜歡《接下來》，於是慢慢品讀，比較結構、節奏和敘事法，遠比初讀有意思得多。所以應該說，不，一點都不後悔。

17

既然《接下來》和《在自己房間》我都喜歡，不免拿來比對。

兩書有同有異。相同在都帶了幽默，都以簡短章節構成，接近手記體。《在自己房間》以數目分隔，《接下來》則每篇如獨立作業，各有篇名。《在自己房間》作者畢竟是法國人，又是男性，難免好發議論，第六節就談起了靈肉之分（即是他所謂的自我和他我）的問題，只因心不在焉燙傷了手指，好在不至於太過分。最特別的是有篇一個虛線矩陣，中央放了「山丘」一詞。另一篇近乎整頁空白，只有當中一個句子。我即刻生出了學習借用的念頭。

不同在，《接下來》寫生活裡的具體事件，不抽象談玄。文字精簡，有許多留白。《在自己房間》以遐想神思為主，穿插一點事件。格調不同，然各有魅力。

18

日日藍天，幾乎。

坐在戶外書房，浴在光裡。明暗反差那樣強，讓人眼盲。

陰影裡的半身有點冷，曬到太陽的肩膀好像著火了。

偶爾陰雲密布，天色沉重。連續一周下來，便像慣壞的加州人，有點受不了了。

冬季裡下了幾場大雨，洩洪式的，出自《舊約聖經》出自莎士比亞的狂風暴雨，讓人興起類似杜甫「茅屋為秋風所破」的恐懼。一晚，狂風真的掀了片屋瓦拋到車道上。

19

天空最藍的地方在哪裡？當然，B知道，他學物理的。

最藍的天空是正對頭頂上方那片，因為天際光線散射的緣故。

我的答案來自於每天觀察，看鳥雀在樹間飛翔，抬頭欣賞鷂鷹在高處盤旋，總不期然發現，正對頭頂上方那片天空，那麼藍那麼藍，可以把人吸進去。

不需千里迢迢去尋找希臘藍、地中海藍，或加勒比海藍。藍是這樣廣闊充沛寧靜而又千變萬化的顏色。在加州，尤其是南加，你因藍天而富。

關於藍天，《小王子》作者在最後一本書《風、沙和星》裡，有這樣句子：

「純藍。太藍了。……」一絲雲都沒有。這藍天亮閃閃像把剛磨過的刀。這天空純粹到讓我不安。」

那個句子讓我不安，只因欠缺那樣經驗。相信住在沙漠裡的人，立刻便懂得了他指的是什麼。不懂怎麼閱讀藍天（以及更多更多），那不安讓我轉而聯想到另一種不安。

維吉妮亞．吳爾芙的《達拉薇夫人》裡，達拉薇夫人有時覺得：「連活過一天都是件危險的事。」

這我能理解。宇宙充滿危險，世界充滿危險。人心可怕，而自我常無所庇護。

在黃昏海邊，拍攝藍天背景托出的崖壁頂曲線。崖壁金黃，藍天深遠。我攝了一張又一張，藍天占據構圖比例越來越大。我絲毫沒想到危險，只要離海有段安全距離。

20

飛鳥在天空畫弧，直到收起雙翼俯衝，畫兩點間最短的直線。

總有一雙鷂鷹在谷地半空盤旋。有時飛得很高，成了一小點。有時飛到幾近頭頂，身上漂亮花紋清晰可見。有時比翼翱翔，互繞旋舞，極美，你見到立時懂得了什麼是愛情，幸福快樂是什麼樣。有時只見一隻，疾飛唳叫，呼喚伴侶。

楊牧書名《亭午之鷹》意象很美。現在天天見鷹，我並不想到那書名，想到的是鹿橋《人子》裡的那篇〈鷂鷹〉，以及《蒼是蒼鷹》。兩書迥異，我都喜歡。《人子》是短篇小說集，有如童話寓言傳奇，天真而又睿智，蒼老而又歡愉，我覺得是鹿橋的巔峰之作。

《蒼是蒼鷹》卻是本悼亡回憶錄，英國作者海倫．麥克當勞是詩人，文筆帶了詩的清奇精準，生動感人。難得一見這樣風格內容都奇特的悼亡書，無怪二〇一五年一出版即備受好評，暢銷英美。那時我見人就推薦，想寫一篇介紹始終沒完成，因為還談到其他悼亡書，如朱利安．巴恩斯更早幾年的《生命的層次》，拐彎抹角悼亡妻，完全是另一種寫法，對照起來十分有趣。規模比預期的大，結果沒寫完丟在那裡。有時我把那篇〈蒼鷹與悼亡〉檔案打開來看，再次進到兩位作者的世界裡去，讀得很有興味，順便做一點改動——這裡有一本小書的材料，關於悼亡書的寫法。

21

你對數字有感覺嗎？我是數字低能。

對我，數字的意義遠比不上文字。碰見喜歡的文字，覺得抓到了一把閃電，恨不得有機會投擲出去。給我一個數字，到了腦中立刻就多一少一，甚至相差百倍千倍。凡是和數字有關的東西，我十之八九弄錯。其實我滿喜歡數學，奇怪總念不好。但讀過英國數學家哈代的回憶錄《一個數學家的自白》，很喜歡。印象最深的是他痛恨鏡子，還有是他幫印度數學天才若馬努真到英國念書的事。哪天出了書箱，我會再看一次。

美國詩人和回憶錄作家瑪麗・卡爾《回憶錄的藝術》裡，最後一章特別提到《一個數學家的自白》，備極讚美，甚至冠以「偉大」形容。哈代晚年自覺數學能力衰退，自殺失敗，於是勉力「苟活」。他在回憶錄裡自我衡量：「我從沒做過任何『有益』的事。」自覺在數學上一無貢獻，但可能對增加知識有所幫助。卡爾引用哈代整段話，以它來鼓舞自己、學生和所有明知可能徒勞但仍奮力寫作的人，寫得十分感人。

寫「42記事」，42對我並沒什麼特別，若硬要擠出一點趣味，可以說因為它是6和7兩個連續數目的乘積。又想到，有部佛經叫《佛說42章經》。

有部新出版的俄國小說《四十個房間》，寫一個現代俄國女性一生經歷的四十個房間。書裡敘述者的母親告訴女兒，四十是個意義特殊的數目，是上帝測試人類忍受極限的次數：諾亞承受四十日夜豪雨，摩西流落沙漠裡四十天，耶穌絕食和受誘四十天。《聖經》裡，四十年是一個世代，孕育胎兒費時四十天。

剛好碰見一些和41有關的。

珍．奧斯汀活到41歲。

美國作家珍妮特．麥爾坎有篇做後現代畫家大衛．勒薩爾的報導〈41個錯誤開始〉，費時兩年採訪，寫成41片段，每一片段都好像從頭開始，結合起來變成非常立體的特寫。

匈牙利作家桑多．馬芮的長篇小說《餘燼》寫年老主角花了41年等候最好的朋友來訪，以便消解胸中大疑，關係友情，關係愛情。筆法綿密傷感，將人網了進去。

這些數字對你恐怕沒什麼意義：44、46、47、51、52、58。梭羅活到44歲，歐威爾46，卡繆47。巴爾扎克和普魯斯特都死於51歲，莎士比亞52，狄更斯58。這天不假年的名單很長。看到一次，震驚一次。濟慈死時才26歲。

近十年來常讀報端訃聞，特別留意作家歲壽（八、九十歲的不少），然後自問：長命便是一種成就嗎？有需要悲悼這些人短命嗎？

22

戶外書房有時吵得很，誇張地說是百鳥爭鳴（附近建築工地和山坡底下的噪音不算）。時日久了，漸漸學會分辨其中幾種，但要形容便難，尤其中文是形象重於聲音。

談到鳥鳴，中文最常見的形容是吱喳和啁啾，可用的有限。前面已經提過烏鴉叫嘎嘎嘎嘎，沙啞難聽。蜂鳥時而發出短促如口哨的高音，gee gee。鷂鷹意外也是尖刺音，咿—咿—咿，像生鏽鐵門轉不動。總覺猛禽如鷹，叫聲該威武宏亮才是。有的鳥雀啼聲圓潤悠揚悅耳，起承轉合比人類歌聲更從容美妙。偶爾遇到，總側耳傾聽，不知那些抑揚曲折說的是什麼趣事。

周作人形容啄木鳥的鳴聲是「乾笑」，我不禁也要乾笑兩聲。

讀周作人，會撞見種種意外。有時他寫大白話，句子裡一大堆「的」，疙瘩瘩像白飯裡的沙粒，想挑出來。有時用文言腔調，跑出一股霉味，要趕快開窗。有時文白間恰到好處，豁達典雅，既賞心又悅目。最大樂趣在讀他的想法，真是不同凡俗。

比如在〈文學史的教訓〉裡大罵韓愈文章做作，「搖頭頓足的姿態，……，讀之欲嘔」，實在痛快。之前他已先批評孟子的文章「有點兒太鮮甜，有如生荔枝」，我不禁竊笑，不知怎麼個「太鮮甜」法。老實說除了幾個名句，沒讀過孟子，喜歡他有民主思想，比孔老夫子開明。

又如他寫：「閒適原來是憂鬱的東西。」讓我一愣。閒適不是輕鬆愉快的東西嗎？我這懶人很有經驗。然他對閒適感覺特別深，另一處說「閒適是一種很難得的態度」。他分成大小兩種閒適，大閒適是生死豁達的大幽默，小閒適便是流連光景，舉例：「農夫終日車水，忽駐足望西山，日落陰涼，河水變色，若欣然有會，亦是閒適，不必臥且醉也。」那「駐足望西山」格外引人，正是我常做的事。人在戶外書房，要不「駐足望西山」也難。

他寫鳥是「飛鳴自在的東西」，那「飛鳴自在」四字很神。加上「流連光景」，是人生值得追求的八個字。

23

狄勒爾在回憶錄《一個美國童年》裡寫她青春期意識初萌，對自我對生命對一切敏感到近乎無法承受，不是自我擋路，就是靜寂當中似乎有聲音在問：「你注意到了人會死嗎？你記得記得記得嗎？然後你可能發現你的生命像周末，一個你沒法延長的周末。」無疑她聰慧早熟，十幾歲就問了六十歲的問題。

母親死時，我從佛家學到：生命有限，不在長短。

黃昏散步時我問B：

活四十五年，寫一部曠世鉅作，流傳歷史，死掉；還是活到一百歲，一事無成，滿腹怨嘆。挑哪個？

太極端了，沒人需要做這樣的選擇！B拒不回答，即使問題只是虛設。

歷史書不是充滿了這類「如果怎樣會怎樣」的假設嗎？愛因斯坦不也常做

如「假使我騎著一束光馳過」的心智實驗嗎？B總迴避不喜歡面對的問題。什麼樣的人會選擇第一個？那些短命的創作者並沒選擇短命。

24

日本插畫家安西水丸的《常常旅行》意外地好看。談旅行，談吃，文字清爽俐落，性格灑脫不羈。插圖格調正似文字，清新簡潔。此外譯文超好，自然順暢，看不出是譯文。我不時抽出來看，沾染一下他吃喝玩樂的寫意。

25

完全掉進書裡，忘了戶外書房的各種動靜了。幾乎。

細小如英文字母的飛蟲在書頁上爬行，吹走又來吹走又來。螞蟻在腳面腿上爬行，有時還咬一口。左邊開滿紫色小花的灌木叢蜜蜂嗡嗡忙碌，好像坐在蜂窩旁。鱷梨園裡，不時傳來砸落聲，又是一顆鱷梨掉落。不然，過午風勢轉強，吹得遮陽篷直轉。如此種種，不容人完全忘記置身室外。

不遠石上，一條蜥蜴跳到另一石上。一次看書間抬頭，忽見右邊不遠石上一條蜥蜴咬了隻昆蟲，好像是蛾，三下兩下吞進去了。不然一個聲響，我從書中抬頭，一隻走鵑喙裡啣了一條蠕動的蜥蜴跑過，也許就是我常見的那條。聽鄰居說走鵑能一躍七八呎高，將飛過的蜂鳥咬下來。

好多次，一隻走鵑從後院走到前院橘樹間逗留，然後過街到對面去。走鵑便是老卡通片裡的Roadrunner，跑得飛快，一路嗶嗶嗶嗶，十分滑稽。我看走鵑，因此也帶了那滑稽感。走鵑身材苗條，頭上有冠，拖了孔雀似的長尾巴（沒那麼長），總是在跑，最後才飛起來。

某天，一聲響動讓我抬頭，一隻走鵑離我幾步遠看著我，隨即跑走了。

B說走鵑的叫聲也頗滑稽，我沒聽過。

26

看是本能，看見是知識。因為無知，我甚至不知道怎麼看。經常，以一種視而不見的方式環視周遭，為所見而驚奇讚歎，毫不察覺畢竟什麼都沒看見。

有天，看見了一條蛇。

看書間抬頭，心神恍惚，忽然察覺到五、六步外碎木步徑上我眼光正對的細長東西是條蛇，土色花紋類似碎木，將近四呎長，揚頭吐信，正極緩慢無聲無息往前滑行。一種難以描述的感覺，不是恐懼顫慄，而是輕微的嫌惡，從不可知的深處升起。等牠爬到植物間，我小心走過步徑到後陽台喚B出來看。他問「第二腦」手機，得知是條這一帶常見的蛇，無毒。不久他回屋裡去繼續上班，我回到書中。過一陣再抬頭，蛇已不見。起身四處查看，無影無蹤。後來到園子我格外留意腳步，誰知步徑上的碎木是不是蛇。

不禁好奇怎麼從沒看見到看見。
只能說：不知道！只知道忽然什麼機關觸動，視線聚焦，腦袋活轉，「蛇」這個訊號閃過內在天際，進入意識。然後，「我」「看見」了！
我和看見都放在引號裡，因為兩者的實際，似乎都在我所以為的我之外。
怎麼說清呢？再往下恐怕要抬出「存在」這個抽象嚇人的概念，越描越黑了。

27

連續好多星期了，幾乎每天黃昏到後山散步時，總會在沿途鄰居的鱷梨樹下撿到落地的鱷梨帶回家，通常兩三個，多可到七八個。
這帶人家的不成文法：樹上的鱷梨不許摘，落地的可以任意撿拾。日日「收成」，已經累積了兩座小山，堆在廚房台上和地板上的籃子裡。每天吃鱷梨，有時早餐吃晚餐也吃。最簡單吃法：挖出來切片撒點鹽和胡椒，或者再澆點檸檬汁或白醋。目前還沒吃膩，擔心繼續下去，最後會像鮭魚一樣吃到怕。

真正要敲鑼打鼓的大發現：B在前院一棵橙樹下發現幾朵野菇，而且是可食品種，於是割了炒來吃。因是西岸品種，又從沒試過，我不太放心，問B：你確信沒毒？他已經上網查過，百分之百確定。我仍不放心，第一次沒碰（以前都大膽嘗試），讓B去冒險。第二次才嘗一點，好吃，近似海鮮，帶點煙燻味。不過得等雨後才出，還未必有。大約兩個月後，才又發現幾朵新菇冒頭，連續幾天不斷，但總有蝸牛黏液和咬過的痕跡。我們趁才剛長出，粒粒緊圓結實時便割下，不然就給蝸牛和蟲子搶了先。

有這樣自家私有的野菇園，儘管巴掌大一片，不值得慶賀嗎？如果誇張的話，我會用幸福、豪華這種字眼。

28

帶了二〇〇七年的塞尚在普羅旺斯月曆到園裡去細看，看他的用色（尤其是藍），看他的山，他的構圖，當然，看他的蘋果。比在屋裡看更好。

去年我寫過兩篇東西談塞尚，提到他畫的蘋果似乎抓到了蘋果本質。最近讀到一篇勞倫斯談塞尚，論點類似。

他說塞尚最大敵人是主觀觀物法，竭盡全力在逃脫這種「心靈獨裁」和陳腔濫調，試圖客觀看見物件自身。就此他起碼做到一點：「他的確知道蘋果，徹底知道；此外知道沒那麼徹底的，是一兩個罐子。」似乎是褒，但更像響亮好大一個耳光。

英國小說家和藝評家約翰．柏哲爾在一篇談繪畫的散文裡寫到一幅畫，主題是高山，說畫山難在沒法表現，結果總是一樣，山死板板的，「像墓碑一樣」。可是他發現畫裡有三棵蘋果樹格外生動，「是真真給人看見了」。

又寫：「沒一套繪畫語言，人沒法表現所見。有了一套繪畫語言，卻可能完全看不見了。」

為了尋找自己的一套繪畫語言，塞尚傾畢生之力去看去懂，看得非常辛苦。沒那樣看過的人，不會理解看與看見之間難以跨越的距離。

29

這一節請你想像滿紙黑，是所有我避而不談的東西。

30

前面提過匈牙利作家桑多・馬芮的《餘燼》，裡面有些句子，彷佛為我而寫，或者可能出自於我自己，這篇裡時有回音：

「每一樣東西都有種令人難受的精確性，盛氣凌人占據自己的空間。」

「……一棵極老的無花果樹，看來像一位東方聖賢，只剩下最簡單的故事可以述說。」

「漫天蓋地的秋日氛圍裡，荒涼的平原一望無際。」

「彷彿這寥寥數語捕捉到生命所有意義。之後，這人轉開話題，顧左右而言他。」

「突然間，這些物件看上去有了意義，彷彿想要證明，世上的一切只有在涉及人類活動與人類命運的情況下，才讓人覺得有價值。」

「它的目的是什麼？……沒有目的。它想要活下去。」

「一個人，可憐的生物，只是一個必死的人，無論他做了什麼。」

連綴起來，似乎說了一篇神祕如詩的故事。

馬芮反對法西斯主義和共產主義，後來流亡美國，住在聖地牙哥，晚年自殺而死。

31

當你同時讀好幾本書會發現，儘管並非出於安排，這些書隱隱相互呼應，好像自然界裡的花草樹木。一切都是相連相通的，在在自有秩序。

《充盈》必然指向梭羅《湖濱散記》，《發明大自然》裡有一章便專談梭羅。《發明大自然》是傳記，寫十九世紀德國自然學家亞歷山大．杭勃特一生。厚厚一本，沉甸甸，附了許多精美插圖，注釋不算，光正文就三七七頁。我只能三兩句交代一下。

杭勃特一生到處探險觀察採集大自然，發展出一套「理解自然必須主觀客觀並重」的哲學，著書立說，暢銷歐美許多國家，歌德、達爾文、愛默生、繆爾都受他影響。我原本不知杭勃特何許人，B知道，這書我其實是借給他看的。只不過現在除了科幻（看完又感嘆有多壞），他幾乎看不下任何書。

總之，我從在讀的一疊書當中分心，打開《發明大自然》，一天看了序，另一天隨意翻閱，發現第19章談梭羅，立刻便跳去讀那章。原來梭羅離開華登湖後著手寫《湖濱散記》，卡在不知怎麼從主觀感性過渡到客觀理性上，寫不下去。剛好讀到杭勃特的《宇宙》，恍然大悟：原來可以既是詩人又是科學家，毫不衝突。關卡打通，終於完成《湖濱散記》。可說若沒有杭勃特，也許就沒有後世所見的《湖濱散記》。我們閱讀當中，只見梭羅自信豪放近乎權威的文筆，絕看不出其中的困惑氣餒，也就無從體會他「每個詩人都在科學邊緣顫抖」這句話的深意。

《發明大自然》裡面引梭羅的話：「何不在家旅行？」，恰恰呼應《在自己房間》和這篇《42記事》，我讀到不禁大為振奮。

梭羅說，旅行多遠並不重要，重要的是「你有多警醒」。確實。通常我處於半沉睡狀態，近乎不知不覺。只因要時刻保持警醒，唉，太難了！

32

《在自己房間》最後一章，旅行即將終結了，梅斯特才經由四名古代偉人，爭論一個想必他關切極深的問題：醫學所謂進步的意義。他假古希臘名醫希波克拉底之口說：「大自然的神祕是生界與死界都無法看透的，唯有造物主一人才能洞悉凡人不管如何努力都無法參透的事物……」

正正說中我心，猜想也是梅斯特的看法。他思想驚人現代，簡直難以相信是個活在十八、十九世紀的人。

我相信人類智慧有限，而大自然無限，不管科技再進步，總有一個極限越不過去。

自科學發達以來，科學家不斷發現知道越多，也就有更多不知道的。我無法理解那種無限樂觀自信，堅持科技萬能的人是靠了什麼邏輯。

B正好是那種人，他相信科技無限，遲早會解決所有自然界的疑難。這點不同，導致我們在討論宗教信仰與造物是否存在時有所爭執。

一個星期日早晨醒來還沒起床，B拿了手機在看網路上一篇科學報導，講給我聽，我半睡半醒竟逮住了他在說什麼，更驚人的是很快開始質問反對和爭論。上次在床上這樣閒聊不知是多久以前，更不用說火力四射地爭執了。當然爭的是我（唉，總是我），我否定他的立場，挑釁他的邏輯，嘲笑他思考不夠徹底。我認為他的致命傷在過於自大武斷：「你知道什麼？你知道的比起你不知道的根本不算什麼，哪有資格做無神這種論斷？」

他反對，自覺以他的教育程度和科學知識，有太多證據指向沒有上帝或者造物。

「連弗里曼．戴森都說，宗教和科學是觀察宇宙的兩扇窗。」我說。

「戴森出身宗教家庭，自然對宗教還是有點依戀。」

「詹姆斯．武德也出身宗教家庭，對宗教一點也不依戀。」

於是翻來覆去，誰也不肯讓步。

這問題以前便爭過很多次，總是僵在同一點上。其實我們想法百分之九十九相同，那百分之一不同單在標籤：他掛牌無神，我則是未知。

33

一天黃昏散步回家路上，B跟我解釋一個涉及無限的數學問題，叫赫伯特旅館：

「一個無限房間的旅館已經客滿，來了一個旅客要求住房，怎麼辦？讓所有房客遷到下一號房，空出一號房給新來的旅客。」

我立刻反對：「這裡面有語言上的矛盾。你說旅館住滿了，滿了的意思是再沒有多餘房間了。可是你又說把所有房客遷到下一個房間，既然滿了哪來下一個房間？好比邏輯上經常用的例子：凡是人都會死，蘇格拉底是人，所以蘇格拉底會死。用了『凡是』就表示包括所有人，沒有例外。可是你的滿了還有多餘，分明是矛盾。」

B又再重複剛才說的：「這個旅館有無窮房間，你把所有房客都叫出來到走廊上，然後要他們遷進下一個號碼的房間，這樣第一個房間空出來……」

「可是你還是沒回答我關於語言矛盾的問題。你所謂『滿了』是什麼意思呢？滿了就滿了，沒有多。可是你的滿了毫無意義！」

「因為有無窮房間。這裡面關係到抽象概念……」

他不斷重複把旅客遷到下一個房間，我越聽越火，大聲堅持：「我不管你怎麼解那個問題，只要你跟我解釋滿了和還有多餘這個語言矛盾就好！」

忽然身後傳來一個女人聲音說：「行不通啦，他們永遠不會說的！」

我們驚訝回頭，原來馬路對面有個和我們同方向散步的陌生女人。

我立刻猜出她的意思：「不是你想像的那樣。」

「吵架我一下就聽得出來。」

「我們在討論一個數學和邏輯的問題。」

女人露出不信的表情，沒再說話。

我們繼續各走各的。爭論打斷，但並沒有結束。

34

二月初，B雙胞弟夫妻從馬里蘭來，玩了近一周。每天大晴簡直像夏季，他們常在園裡曬太陽。他們走後留下了兩本緬因雜誌，一天我帶到園裡隨便翻翻，其中一篇寫緬因冬季獨特的霧氣，叫海煙（sea smoke）。附了幾張照片，霧氣如煙繚繞島嶼水面，迷離清冷的美，迥異加州拜日族豔陽燒烤強光刺目那種青春吶喊的美。我細細端詳照片上冰寒的煙林、迷濛的海面和燈塔船隻，懷念遊過許多次的緬因州。

緬因在美國最東北，南加在最西南。氣候上文化上，幾乎是完全相反的世界。搬到南加幾個月以後，我逐漸發現，也許自己心境上終究比較接近新英格蘭，接近緬因。住在加州，未必便能成為徹頭徹尾的加州人。就像住在美國，未必便能成為徹頭徹尾的美國人。

弟婦凱特來自緬因，可是離開許多年了。現在他們想退休後搬到緬因，不過得先試試受不受得了那嚴寒長冬。我們喜歡緬因的山林和岩岸，度假可以，長住就太冷了。

35

看與被看。

狄勒爾在汀克溪畔遊逛，看見草木鳥獸，看見天地宇宙神人。她寫：「像過山到另一邊的熊，我到外面去看能看到什麼。」只不過通常所見大同小異，直到有一天，她「看見了什麼，或者，讓什麼東西看見。」

在戶外書房，可看的很多。你看，近旁大石上一條蜥蜴在做伏地挺身，姿勢端正如兵（後來得知是種求偶舞）。不然眼光稍稍放遠，一隻烏鴉棲在一棵樹頂隨風搖擺，危顫顫幾次幾乎給風吹落，分明自得其樂。忽而，兩鳥從頭頂一掠而過，原來是一隻烏鴉驅趕一隻鷂鷹，以翅擊翅打出啪啪聲。還見過蜂鳥追逐烏鴉。

不過我並沒特意去看，而是被動地，等到外界呼喚我的注意。如果你像我經常置身戶外，便會發現天地中有太多東西喚起你的注意：光線、色彩、風雲、溫度、聲響等。

現在，終於到了寫那隻蜂鳥的時刻。

園中飛鳥最常見的是烏鴉，其次是蜂鳥。驚人的小，來去如電，是飛行特技專家，也是鳥類中身材最小的，簡直像巨大昆蟲。最小的是古巴一個品種，身長約四、五公分，蛋不過豆粒大。園裡常見的是翠綠身桃紅喉部，俗名安娜的蜂鳥，有一陣我叫牠們小翠。

起初，我幾乎每天等小翠（也許是同一隻）到我正前的花枝上餵食，直到幾星期後花朵謝盡。那些橘紅花杯細長如香檳酒杯，蜂鳥尖長彎曲的喙伸進去好像用吸管飲酒，一杯一飲換另一杯（也不過兩三杯而已），翅膀不停急速搧動，有時正對陽光喉部桃紅倏然一閃，鮮豔眩目。

且想像那天，一如平常，我面對山下和一疊書。突然空氣一陣小馬達似的低音震動聲，我方才驚覺一隻蜂鳥已從腦後射過，離左耳幾步之遙倏然停下，如微型直升機定在空中，翅膀飛動一片模糊，聚精會神打量我，我也打量牠。當狄勒爾和黃鼠狼「互相深深看了一眼」，那一眼持續了六十秒，在那片刻，狄勒爾進到了黃鼠狼腦袋裡，黃鼠狼也進到了狄勒爾腦袋裡。我和蜂鳥相互凝視不過幾秒鐘，連看清長相都來不及，牠已經一閃不見了。我無從得知牠為什麼那樣打量我，得到了什麼結論。是不是因我上衣橘紅，以為我是某種巨大奇花？

就那麼一次，我覺得「被看見了」，有種受寵若驚之感。

36

周作人〈關於命運〉裡提到永井荷風的《江戶藝術論》，引了一段話，講他為什麼愛浮世繪，很是動人，我讀了一次又一次，抄在這裡：

「苦海十年為親賣身的游女的繪姿使我泣。憑倚竹窗茫然看著流水的藝妓的姿態使我喜。賣消夜麵的紙燈寂寞地停留的河邊夜景使我醉。雨夜啼月的杜鵑，陣雨中散落的秋天木葉，落花飄風的鐘聲，途中日暮的山路的雪，凡是無常無告無望的，使人無端嗟嘆此世只是一夢的，這樣的一切東西，於我都是可親，於我都是可嘆。」

這樣大段抄書簡直是強盜，實在是想與你分享，又沒法說得更好，只好笨抄了。

37

生平沒有過果樹，現在新家前院一簇十來株的橙樹橘樹，都結實纍纍低垂。二月中滿樹白花，香氣濃郁窒人。《紅樓夢》裡的香氣襲人原來是貶，意味太過，否則不會用「襲」。不過只有我這隻挑剔的鼻子抗議受到侵襲，凡是濃烈甜膩的花香或是香水在我都無異臭味，難以忍受。連百合之類的清香，我一樣覺得觸鼻。

B說他從小熟悉橘花香，對他那氣味總是香的。朋友鄰居一致讚美橘花香。

一個朋友建議春季時節到西班牙的弗蘭西亞（Velencia）去看橘花，我一度心動，現興趣全失。還是最同意撒哈拉沙漠的貝都因人：「最好的空氣是一點氣味都沒有。」

38

坐在這裡，在陽光白雲下的戶外書房，蜜蜂成群在身旁嗡嗡嗡嗡，對面兩隻蝴蝶成雙飛舞，難解難分。這些現象，與在你心裡喚起的感覺，你要拿它們怎麼辦？好比，你要拿你這輩子怎麼辦？

才剛過世的美國作家傑姆．哈里森說：「檢視過度的生命不值得活。」扭轉了柏拉圖筆下蘇格拉底原本「沒有經過檢視的生命不值得活」的說法。

以前我覺得無疑蘇格拉底的說法有道理，現在卻寧可投效哈里森陣營。這傢伙活了78歲，一輩子愛食愛色愛野外愛打獵愛文學愛寫作，活得有聲有色，比閉門空想強多了。

二〇一〇年，英國作家莎拉．貝克威爾出了《怎麼活》，寫十八世紀法國哲學家蒙田一生，是本別具一格的傳記。今年她又有新書《在存在主義者的咖啡館》，寫二十世紀的一票存在主義者，環繞主角沙特和西蒙波娃進行。我即刻反應是：對驕狂自大空中樓閣的哲學，尤其對存在主義已經厭倦，寧可去看常人拿實際生活搭建的回憶錄。可是抛不開好奇，最後還是嘆口氣買了電子書，睡前一點一點慢慢啃。趣味不在那些自以為是的哲學，而在那些哲學家本身。無論如何，他們只是人。就如貝克威爾說的：「概念可能有趣，可是人更要有趣得多。」

最讓我眼睛一亮的，是當貝克威爾話說從頭，試圖解釋胡塞爾所謂現象學是什麼的時候。簡單說就是「描述現象」，然不是帶了既定想法滿心成見得來的刻板印象，而是脫除既定模式打開心智見到事物本身。在她這番描述裡，我看見了塞尚、杭伯特、梭羅等人類似的結論。我把那個段落給B看，他說其實在物理研究上也有用到現象學的地方，就像貝克威爾舉腦神經學家奧力佛．薩克斯描述斷肢者「幽靈疼痛」的例子。

真的？我十分驚訝，他的話讓我整個人快樂發亮。再一次，我覺得一切都是相關的，所有人所有學問都暗中在相互對話，那些我扛來扛去堆疊越來越高的書吞吐無限生機充塞空中。

不過，身旁紫色花叢中的蜂群裡有隻紅色小瓢蟲，牠們似乎完全沒注意到對方……

39

靠近鴨鄰有株高大仙人掌，秋季開了許多雞蛋大小的紅色果子，不像有的仙人果帶刺，這些沒刺，切開白肉黑子，像火龍果，入口微甜微酸，又有黏液如秋葵。B興致勃勃採摘來切開，說好吃，我也試了兩口，食之無味棄之可惜的溫吞，加上像吃了鼻涕（向來不喜秋葵），便不再碰了。他試了許多次，終於宣布不好吃不喜歡。是不是有夠遲鈍？

一個好友很愛，正好送給她。

40

《在自己房間》封面內側照片上，梅斯特看來很老很老，像九十歲一百歲，完全不符書中形象。當然，那時他年輕，充滿生命力和想像力，自在瀟灑。

寫這篇東西，不斷回去參閱這書，從不覺厭倦，甚至越看越有趣。雖然只是薄薄一本小書，可是正如書背所說「熱鬧活潑，多彩輕盈」。有的地方引我微笑，譬如：「一見到我的床就滿心歡喜。」旅行了二十七章節後：「終於快要抵達我的書桌邊緣了。」到了將近結尾談他的旅行裝，寫他若穿了軍服，不但沒法優游旅行，恐怕連「自己的旅行手記都看不懂了」，我簡直要大笑出聲。

有什麼書讓我讀得這麼開心的？喜歡的書很多，但內容憂傷愁慘居多。歷史不忍卒睹，屍橫遍野；文學悲愁一片，不堪負荷。在書裡尋找歡樂幸福，比在加州求雨更難。

梅斯特說其實早有在家旅行的念頭，被罰關禁閉不過剛好給了他機會而已。所以他的文筆基調輕快，加上他本來打算只出示快樂的一面，不過一旦上路就不由自主，時而岔到一些晦暗的地方去，講些傷感無奈的事。無論如何，大半旅程他讓你感染他的高昂興致，甚至邀你與他共進早餐。且看他怎麼旅行：穿了柔軟舒適的睡袍，半躺在心愛的扶手椅上，椅子大幅往後傾斜，左右搖擺，便這樣晃晃悠悠，馳騁天地間（除了失去重心跌下坐騎的時候），還有僕人伺候，替他泡咖啡烤麵包擦鞋種種。貴族排場，難怪他心情愉快。

我的旅行不然，完全不像他足不出戶。我沒有僕人，但行動自由，除了上戶外書房，每周兩、三個下午，趁B上健身房時我換場景到星巴克咖啡館（等於是我的第三書房），看書（便是在這裡我看完了義大利作家艾蓮娜．法拉諾激烈撼人轟動歐美的拿坡里四部曲），還有看人（有如我的私人劇場，在這裡我看一些固定角色和走換不絕的配角來來去去）。此外，每天黃昏必定出門散步，有時到附近公園，或者更遠到海邊。假使如梅斯特困坐斗室，就算再怎麼寬敞豪華舒適，我恐怕會發瘋，更不用說寫出幽默有趣的旅行手記了。

41

梅斯特說他書架上的書包括兩種：詩選和小說。

我發現，近來看的書小說減少，非小說增加，這包括：詩、散文集、旅行文學、回憶錄（真的絕多是女性作品，剛又發現一位地質生物學家的《實驗室女孩》，似乎相當精采）和有關哲學或科學的書。

剛剛看完布萊森新書《到小追布領的路》，寫他再度環遊英國的感想。裡頭很有些地方，值得引來給你看。可是這一路已經「掉足書袋」，恐怕早給罵臭頭，不能再犯了。但還是要稍談一下，很簡短的，因為這篇東西說了半天，曲曲折折，上上下下，要奔赴的就是這座隱蔽的小山頭。

布萊森首度環遊英國是二十年前了，那時他是個在英國做記者的美國人，結果成書《來自一個小島的札記》，叫好又暢銷。這次重遊身分心境都不同了，他才剛通過歸化公民的筆試，可算是英國人了。但這不是精心計畫，而是自然演化的結果，他自己都不太明白所以。遊蘇格蘭時一位當地老婦問他怎麼會住在英國，他一時沒法答，回家細想歸結出五條理由，最後也最重要的一條是：英國鄉野很美。這次環遊，有些地方雖然不免失望，但讓他安心的是，英國鄉野仍然一樣美。在他看來，全世界沒有一個地方像英國鄉野，「得到那樣精心的照管，看起來那樣美麗，置身其間那樣心曠神怡」的。英國鄉野，「就像一座大國家公園」。其他四條理由加起來簡單說是：大體上，英國人比較合情理，英國生活品質比較好，充滿了各式各樣的微小樂趣。

看得出布萊森衷心愛戀英國，那份情誼十分動人。我居住美國將近四十年，早已是公民，但若認真去想何以久留，找不出一條像他那樣的理由，反而可以輕易找出反面理由。頭一條：不像英國人，美國人簡直完全喪失理智了。還有是我寫過許多次，批評再批評的，美國人的貪婪拜物、無知短視和需索無度、唯我獨尊。住在美國，不是美國最好，實則美國讓人愛恨交加忍無可忍，而是沒有一個地方完美，離去有離去的困難。在想像的國度，也許我會學布萊森住到英國去——我一向憧憬英國亦馴亦野大小適中的鄉野，英國文學和英國幽默就更不用講了（多雨的氣候暫且不考慮）。

在芝加哥生長的墨西哥後裔作家桑卓．西思內柔，在回憶文集《我自己的房子》裡寫她最後離開居住二十年的德州，到墨西哥母親家鄉買了棟小房子定居，終於有了歸屬感。可是：「每一天，墨西哥讓我傷透了心。」

我們搬到南加以來，B不斷說這裡真美真好真高興搬到了這裡。我卻一直拿不定主意，喜歡又不喜歡，在後悔邊緣徘徊，心情不能再複雜。

家不是家，鄉不是鄉。哪裡屬於我，我屬於它？遷移又遷移，到那裡都是客居，永遠覺得是異鄉人。更何況就像西思內柔，每一天，美國讓我傷透了心。你看，我完全不提美國大選兩黨爭奪黨內提名的荒誕事……。

42

寫到這裡快要結束了，有點捨不得。鹿橋《未央歌》寫到後來也是同樣感覺。

《在自己房間》最後一節，42天結束，梅斯特可以離開房間出門了。

一個他覺得：「我需要新鮮空氣與藍天大地，寂寞的獨處像死亡壓迫著我……」

另一個他覺得：「想到要重回這個熟悉的世間令我心驚膽寒。」我的感受自然沒他那麼強烈，畢竟我每天進進出出。仍然，我能體會他所說的。像他，我每天需要新鮮空氣與藍天大地，想到世間人生種種便心驚膽寒。

「42記事」結束，我還是會一如既往，每天抱了一疊書到戶外書房，去和藍天蜂鳥蜥蜴為伍。所看所讀的書會不斷改變，但關切對象和寫作主題不會。告別「42記事」，我會去寫別的，有關一時與恆久，有關感覺與知識，有關生命和意義，有關無限和未知等主題的東西。總是那些東西，只因我總是我。

那天黃昏微雨中散步回家路上，一隻鴿鷹一隻烏鴉隔了七步之遙棲在電線上（會是一追一逃的那兩隻嗎？），見我走近一先一後飛走了。俳句的好題材，我只能微笑。

43

已經填滿42節了，割捨了很多，也遺漏了不少，而且，居然沒寫到我們開車橫跨美國那一段。原本計畫要收進來的，後來又想不提也罷，這時再度反悔決定還是列入，畢竟是真正旅行的部分，於是這裡補足一下。

我們開了小車（其實是B開），費時七天穿過十一州從東岸開到西岸。多少年來，總夢想有一天和B開車橫跨美國，好好看看這個國家。等到付諸實行，卻不是意想中的浪漫壯遊，而是時刻閉鎖車中兼程趕路。一路飛馳而過，夏日白亮的陽光照得人眼花，里程從前面衝來滑過車身後退而去，一天又一天，計算下一站哪裡，晚上在哪裡過夜，還有多遠路程要走。原想抽一天遊大峽谷，畢竟沒時間。到了，走了，全程二千八百哩，每個地方都是這樣，簡直什麼都沒看到。這是最乏味，最疲累，最愚蠢的旅行方式。

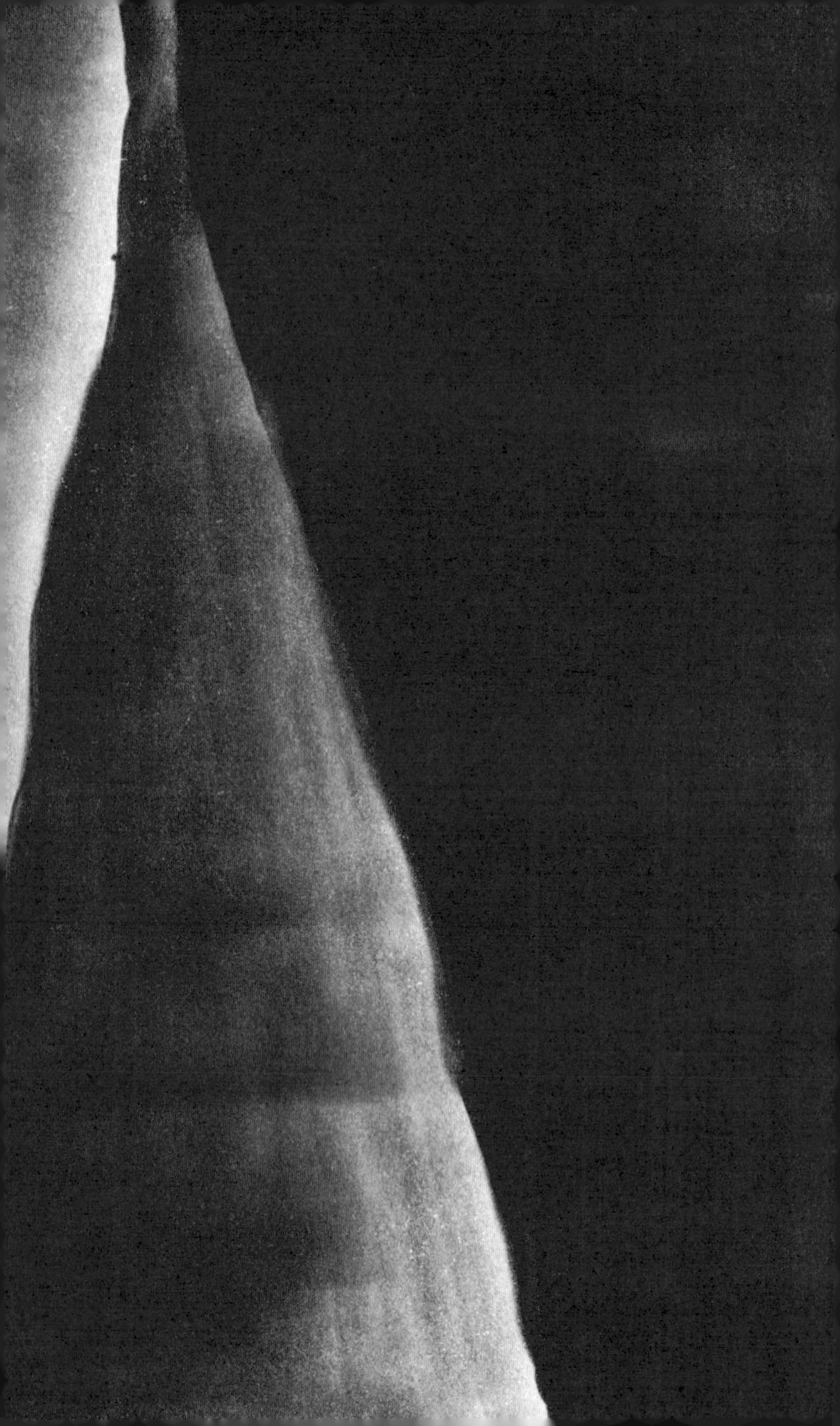

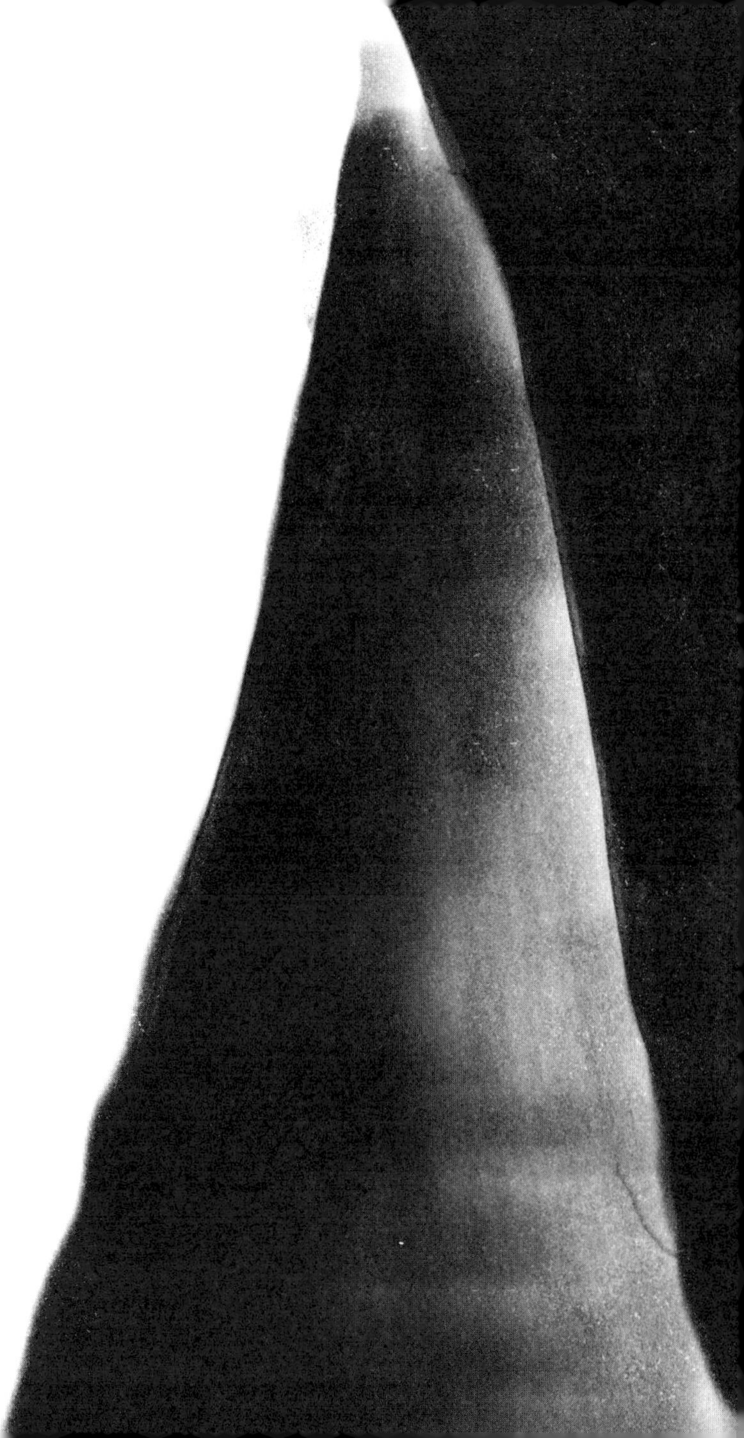

沿途照片大半都是從車裡拍的，一張又一張，盡是藍天白雲和高速公路從擋風玻璃窗衝來的景象。這我集成一個網路相冊《高速公路所見》，最能代表這趟旅行。打開來看，立即便又回到路上。不能否認，從德州、新墨西哥州到亞利桑納州，沙漠地帶那沒完沒了的極目空蕩依然引人。意外的是，在新墨西哥州和亞利桑納州都碰見下雨，而且氣溫清涼。然而穿越加州摩哈比沙漠那段，掃視前後左右三百六十度，寸草不生一片乾旱灰沙灰岩，正是惡地景象。不是我們奔赴流連的那種沙漠，而是只恨跑得不夠快。

終於終於，出了沙漠，穿越一座又一座山，那天大約下午四點，我們到了。

幾幾乎，在太平洋岸。

那時

1

不確定是多久以前，世界是個小村落，天高高在上，地厚實在下，藍天白雲，綠色田野樹木，白花紅花橘黃紫紅，扶桑合歡夾竹桃九重葛，小孩跑來跑去，大人不知在忙什麼，記憶仍然強韌，說故事仍然盛行，時間似乎用不完，日子不知不覺滑過，一切都在應有的位置，有時歡笑，有時氣惱，歡笑的時候似乎總多過氣惱，蜻蜓蝴蝶飛舞，蟬聲大噪，到了傍晚蚊蟲取代，蟋蟀響徹田野，螢火蟲閃亮如夢。

那時，你可記得，她面容晴朗，眼睛放光，張口是對世界的驚奇浩歎。她說：「你知道嗎？」總是這同樣一句的新奇喜悅，在眾人老早不以為奇的時候。你知道嗎，她說，扶桑花心基部是甜的，擠出橘皮的油噴在兩手掌心不斷拍打可以抽絲織網？你知道嗎，陽光有味道，雨也有味道？而風，風當然有味道，是風把味道散發出去，到所有地方去。許許多多的你知道嗎你知道嗎。直到有了小孩，那句你知道嗎給兒子搶了去，讓她竟有時張口結舌失笑，說你知道嗎，所謂天使神仙便是孩童，天堂樂園便是很久很久以前？

2

意識像一塊油布，事件像水滴滑落，飛快，不留痕跡，一年又一年。

奇怪事情就能那樣過去，不聲不響，貓似的，翡翠大眼溜溜看你，低頭舔舔皮毛，自來自去，漠不關心。

那時，生命是現在這一刻，理所當然隨宇宙定律運行，晨昏，季節，熟悉的人，熟悉的事。生活還不需要勇氣與堅持，只要欲望和本能。你還不知什麼是矯情吝嗇，什麼是傷害遺憾，以及，數不清的無能為力無可奈何。

每天有人誕生，有人死去。細胞時刻在破壞修補增殖，我們不斷更新轉化成新的版本。這件事還沒進入我們意識，時間還不是壓力。那時，故事以神奇敘說自己。神奇便是我們的無知無邪。

那時，生命仍然光燦，或者帶著光燦的可能，生命是每天理所當然的贈與，只是沒有禮物的包裝和炫耀；籠統渾沌，而又真切實在不過，像印象鮮明但細節模糊的記憶。

所謂那時，其實無關時間，不是多久多久以前，而是一轉瞬。狀況變了，心境變了，江山依舊，景物全非。從文盲到識字，從無知跌入意識，從完滿跌入殘缺，從陽光跌入陰霾，從無畏無慮跌入憂患，從年輕到青春不再，從昨天跌入今天。

3

這時，陽光明亮，一陣微風吹來，忽然打動了深處什麼，一下將我拋擲到過去，而抓不住是過去什麼，只是恍惚隱約的感覺，輕盈，光亮，小時才會有的那種感覺，那樣熟悉，又那樣陌生。

讓我把那個時刻寄給你，用一張過時的明信片。不為什麼，只是忽而想到那時，記起遊戲和歡笑的質地。久遠以前，彷如昨日。我們都回不去了。

這時

1

不是枯藤老樹，沒有小橋流水；放眼橘子鱷梨仙人掌，蜂鳥烏鴉小野狼。

這裡是另一個地方，另一個世界。

這時陽光正好，日日都是晴天。不要照鏡，你會後悔。

鏡中人膚色憂傷，皺紋寫出你不知一直在寫的自傳。誰是作者？陽光和風沙，或者／以及，滿空傳遞，太多不必要甚至有害的訊息。

停，閉嘴，我不要知道不要知道不要知道！

重複的可悲，重複的愚蠢。請不要請不要重複。

2

西望太平洋，往東橫跨整片大陸。眼光穿不透的距離。
新英格蘭遙遠，記憶卻依然鮮明。
多久以前是很久？多遠是不可能？多蠢是無可救藥？
對面一片黃土矮丘，丘頂一棟白色人家。風起，黃沙飛揚，屋裡積灰三尺。
將近十一月中，異常高溫，超過正常氣溫華氏二十度，熱風燒烤山丘漠地和海灘。野火蓄勢待發。

3

你坐在角落讀詩。

無力的詩，無用的詩。高明但是白費力氣。詩不引發任何事情，奧登說。
清楚的是語言的兩面，充滿歧義，聲東擊西，滿篇滿頁謠言謊言。
牆的語言，拒斥的語言，否定的語言。無知和恐懼，憤恨和敵意。

4

床的曖昧，明示與暗示。
病床驅逐了眠床，床上一個逐漸消失的人。
你不願說他的名，不願用那殘酷的字。設若阻擋語言便能阻擋真實，你可以刪除半部辭典。甜言蜜語的溫馨。且讓我用假話安慰你，也安慰我。
不能面對真相，你不能，我不能，我們不能。

5

且讓我顧左右而言他，告訴你吃金橘的方法。

黃昏出門散步，經過鄰家的金橘樹，採下一顆，輕輕咬下一點皮，濃烈的橘皮味，嗯，微甜，再咬下一點肉，啊，好酸！這樣一小口一小口交替，把一節手指大的金橘吃完。一顆就好，味道和分量恰到好處。

還有，怎麼吃枇杷。

也是散步時，特地走到後面那條街，叫天街，直奔一戶廢棄人家前的枇杷樹，從滿樹纍纍的橘黃枇杷當中挑選顏色最飽滿感覺最多汁的，站在樹下，不急不忙撕掉皮，吃將起來，一顆，又一顆。儘管你不是樹的主人，這種作法形同偷竊，誰在乎？從沒有枇杷那麼好吃。盜取的樂趣，你要親嘗才知。

6

那些是回憶，屬於去年。

眼前，夜未深，屋中只餘書桌燈光。不想憂傷的事，寫一兩個無濟於事的句子，讀幾本悲哀感人的書。

不願上床。

一日將盡，一年將盡。

這時，悄悄悄悄的，變成了，那時。

我在

我在，因為父母在，因為父母的父母在，因為父母的父母的父母在。

這個「在」，有的是現在式，有的是過去式。

大多是過去式。

我從先人而來。先人之前有一長串的先人，一直推到最早最早。在一長串難以想像的巧合和幸運當中，先人逃過猛獸疾病戰爭艱難困苦倖存下來，繁衍後代，直到我們，我，在這裡寫下這些句子，思索存在的神奇和可怖。

生命不是個美麗的故事，是條無法生還的單行道。

所有的在最終都將成為不在，每個片刻都在遠離消失。

母親不在已經許多年。偶爾來到夢中，年輕，健康，有時長了別人臉孔。夢裡我們總本能知道某人是誰，和模樣長相無關。最近夢裡，戴了陌生面孔的母親端書聚精會神看，到了晚飯時間仍動也不動，問什麼時候吃飯，她微笑掏出一疊鈔票叫自己去買來吃。她那愉快忘神的表情給我極深印象。從沒見她生前有空看書，她每天每刻每秒都給無盡責任義務占滿了。盡心竭力，不能說無怨無悔。有誰真能無怨無悔呢？母親疲憊的臉上隱含悲傷，背後是失望和無奈。我因此努力抓住夢裡母親含笑看書的柔美表情，儘管那張秀麗的臉不是她的，那分喜悅是，我見過，偶爾偶爾笑起來，天真無邪，整個人發亮了。母親內裡，始終有某種光華，等待釋放。

現在父親老病，進了醫院，又出院回家，一步步艱難走剩下的路。

這一段，是從有走向無，從在變成不在，從現在變成過去。

這一段，以肉體苦痛疾病醜惡寫成。難以目睹。

強化「生命不是個美麗的故事，是條無法生還的單行道」這個事實。
也同時強化「生命是個美麗的故事，是條無法生還的單行道」這個反面事實。

可悲存在不能長久，生命不能永恆。是的，大江東去，人生長恨水長東。
唯獨，每個「不在」，代表曾經的「在」；每個過去式，說明曾經的現在式。
存在過，活過，無論如何，是個美麗的驚奇。這我們必須記得。
逝者如斯，不捨晝夜。那條浩浩大江，究竟是什麼呢？
於是我們沉湎、驚歎、回顧。在記憶裡，在生命長流裡，在宇宙神奇裡。
我們記得，並且遺忘。一粒又一粒沙，在永恆的沙灘上。

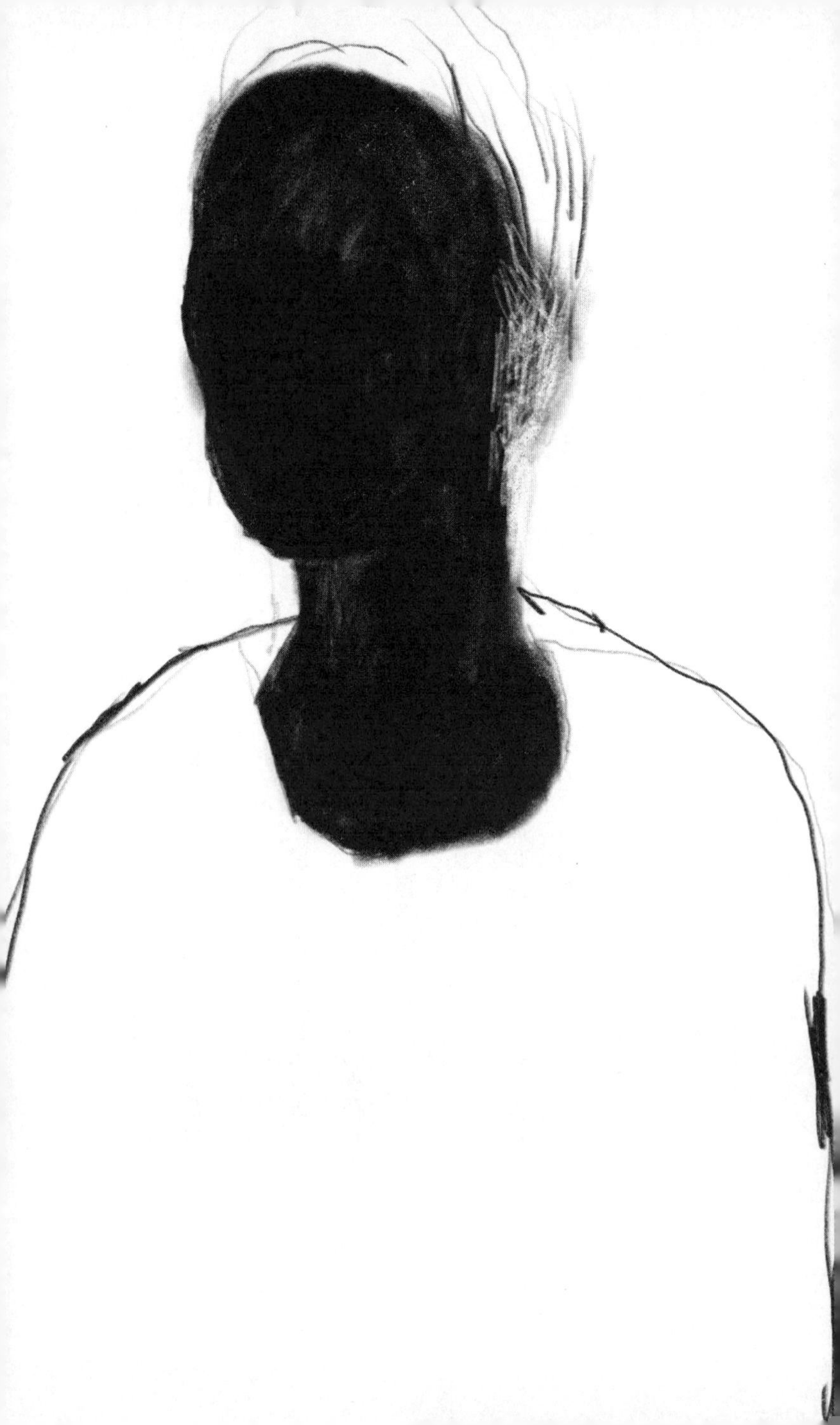

生命練習，2016

1

一次又一次，看了黑白攝影以後再看彩色攝影總覺得難看，甚至覺得虛假庸俗。

想不通，因為現實分明是彩色的，黑白才是假。

炭筆素描也總讓我覺得美。

2

過了五十歲，身體開始以千百種方式背叛自己。

3

半夜先後起來上廁所。沒有月亮，我們躺在黑裡試圖入睡，偶爾講兩句話。呦呦呦，敞開的落地窗外忽然一陣鳥叫，很近，似就在臥房外。B起床站在落地窗前，看見陽台欄杆上一隻貓頭鷹圓圓的黑影，同時另一隻貓頭鷹大翅平張滑翔而來，原先那隻振翅飛走，後來那隻緊追飛去。B回到床上，快樂描述所見。不久從相反方向傳來砰砰─砰砰─砰砰的聲響，像是什麼東西拍打屋頂。B又跳下床跑到隔壁書房窗前，過了一陣回到床上。

酷！你知道那聲音是什麼嗎？是一對貓頭鷹在交配！

從書房窗戶，他看見鄰居屋頂上兩鳥合一的厚實黑影，然後一陣呦呦呦，又一陣砰砰砰，再度重複一次，黑影分開飛走了。

所以那砰砰砰砰，相當於彈簧床的嘰嘰嘰嘰，我說。

沒錯！說他高興得不得了，一點都不誇張。

4

黃昏在後山散步，有時撞上騰空飛行的蛛絲，纏在臉上，或是身上四肢，我們總立即瘋人似的全身抓耙。如果手舞足蹈半天弄不下來，便有種恐怖感從不知哪裡升起。

5

維吉尼亞．吳爾芙在《往事片段》裡的句子：

「我們是密封的容器，漂浮在出於方便而喚做真實的東西之上；某些時刻，毫無來由，不費力氣，密封的物質破裂，真實灌了進來……」

道盡了主觀真實和外在真實間的關係。

6

人人都有最後一段。

造物主也沒法堵住那具越來越震耳的時間沙漏。

7

也許（好大好大的也許），只有一個主題：時間。

8

我沒有一個想法是出於原創，都是來自他人的二手貨三手貨。

這份覺悟總讓我傷心。

9

你不可能和全世界唱反調。也許年輕時代，荷爾蒙如野火在體內延燒，你對世界不滿（甚至對諸神宇宙不滿），對凡事都有意見，而且是強烈意見，你什麼都看不順眼，什麼都反。你要離家出走，要遺世獨立，要我行我素為所欲為。你要叛逆，要革命，要把世界全盤摧毀重新來過。然後荷爾蒙浪潮過了，怒雨狂風平靜了下來，你從反叛的山頂下來，走入人群，投身世俗，成為芸芸眾生的一份子。那個唱反調的人消失了，無影無蹤。當你回顧追尋，再也認不出那個激烈狂野的陌生人。你有點迷惘，有點失落，有點好奇，但毫不遺憾。
你不能一輩子靠否定過日子。

10

新娘頭髮是薰衣草的紫，盤在頭頂，雪白及地禮服。新郎的西裝上下酒紅，頭髮鬍鬚漆黑。三塊大石後面，樹枝花葉紮出自然風的素雅婚壇，背景層層翠綠的遠山。
沒人會說那婚禮不美，包括我。這正是問題所在，如果你是我的話。

11

所以你是大人，可以開始活了。
什麼時候開始有這意識？什麼時候生命真正開始算數？

12

一部土耳其小說裡的句子：「有地獄未必就證明有天堂。」

13

這張照片有什麼不對？顏色。

我的手機照出來的山頭夕陽是一輪刺目純白，其實是明亮飽和的橘紅。

14

清晨醒來還沒起床，群鴉在門前電線上嘎嘎嘎聒噪不停，間雜另一聲響，叩，叩，叩，似什麼硬物打在屋頂上。B已經起床工作一陣了，剛好這時到臥房來，我讓他聽那叩叩聲，他眼神一亮轉身跑下樓開門奔到前面去了。過不久回來要我猜聲音來源，我說烏鴉，他問烏鴉在幹什麼，我聳聳肩。他一揚手中核桃，原來是從一隻烏鴉喙裡掉到車道上他偷過來的。猜是那烏鴉啣了核桃從空中擲到屋頂上，想藉此砸破殼。那烏鴉又飛回來，他舉起核桃朝牠揮了揮，不確定牠是不是注意到。

顯然附近有核桃樹，烏鴉知，我們不知。

15

老舊相片的棕黃色調，英文叫 sepia。今天讀到原來是一種繪畫顏料，用烏賊墨汁沖淡而成。——學到新知的喜悅，哪怕只是區區一點微末。

16

為了買一張喜歡的昂貴書桌猶豫掙扎：

書桌是我花費最多時間的地方，我在那裡創作，這難道不夠理由嗎？寫作和昂貴書桌毫無關係，多少女作家在廚房寫作，連張像樣書桌都沒有。實在非常非常喜歡。實在非常非常貴。

17

一部塞尚傳記裡說，他畫蘋果有個訣竅：用銅幣墊在蘋果下面，將它們安頓妥當。所以他畫裡的蘋果看來特別生動，急欲人看的樣子。是嗎，原來塞尚的蘋果在「搔首弄姿」？難怪我每見他畫上的蘋果就微笑。

18

每早，老詩人唐諾．霍坐在客廳窗前看院裡鳥雀到鳥盤邊啄食，見到松鼠來掠奪鳥食便生氣。詩人滿臉亂鬍一頭枯髮，單獨住在外公以前住的老屋裡。第二任愛妻死了二十多年，死時才四十七歲。他沒有一天不想她。她死得太早，他們在一起的時間太短，沒有她的日子是無法填補的黑洞。詩人已經八十六歲，得過大腸癌沒死，得過肝癌也沒死，中風過，又得了糖尿病，仍然活著，照樣嗜菸嗜酒開車直到出了幾次意外駕駛執照被吊銷，出門靠輪椅，在家走動靠扶架，需要三個女人輪流照顧才能生活。過了八十歲詩沒有了，剩下散文。詩需要意象和聯想，需要激情色情活力，需要睪丸激素。散文不需要，閒閒寫些生活，過去的，現在的，慢慢造句，慢慢打磨，一個句子磨上八十遍直到過得去。便在這些句子裡回到長長的過去，一次又一次，從不同角度，打開不同門窗，從衰老破爛的現在走進年輕光燦的過去，喚回逝去的親人，一次又一次，重新第一次見到第二任妻子，結婚，二十年幸福婚姻，詩和散文源源不絕，然後就在他得肝癌以為必死時她得了血癌，一年後就死了。一次又一次，緩慢打磨的文字不斷撞上那永不癒合的傷口，不斷反射動作迸出他沒有一天不想念亡妻的痛楚。仍然，仍然，他需要愛情，需要伴侶，需要繼續繼續活下去，面對「生命越來越小的圈子」（亡妻的詩句），面對屋外冰雪寒天，面對後院穀倉，面對搶奪鳥食的松鼠，他自言自語：無論如何，勝過四十七歲就死掉。

新詩集封面，詩人毛髮蓬亂眼袋鬆垂的廢墟臉孔直直瞪出來——只有過去沒有未來，最飽滿也最空洞的眼神。

19

小人精常調皮不聽話，惹奶奶生氣打他，有時他也會還手打奶奶。

某天早晨他一見奶奶宣布：「今天我不打你。」

20

葡萄牙諾貝爾文學獎作家撒拉馬戈第一部小說《天窗》身後才出版。

三十五歲那年，他把這手稿寄給一家出版社，全無回音。他深受打擊，幾乎因此放棄寫作。三十三年後，出版社搬家時發現文稿，打電話給他說樂於出版。他拒絕了，拿回手稿，交代妻子等他死後再出。他不能原諒出版社當年的侮辱。

21

意識和存在的迷惑。

意識不過一片時有時無的煙雲，而存在堅實如緊握的拳頭立足的大地。靈與肉，精神和物質，兩者間究竟是怎樣相依並存的呢？

我思，故我在？我在，故我思？

我感覺，故我思，故我在？

無論如何，我在。鳥獸知道，蟲魚知道，浮游生物知道。一切生物都知道，獨獨人類猶疑反覆，忽而在，忽而不在。

22

法國散文家蒙田書房天花板橫梁上刻了許多格言，其中一句：

「只有一件事可以確定，就是沒一件事可以確定。」

23

妹妹電郵寄來一封舊信掃描，說：「寫得太棒了，還附圖！」

是我寫給父母的道歉信，應是大學畢業以後出國以前的事。妹妹的話沒錯，真的很精采。唯獨我絲毫不記得寫那信，更不記得起因。讀後又是驚喜，又是傷感——我已不再是那個我，再也寫不出那樣的信了。之後好一段時間，老在想怎麼運用那信，也許寫個長篇。

24

「我想將他馱到聖山上，把他拋棄到浮冰上，用尖刀扎他心臟，可是沒有勇氣。那種日子真的過去了。」

這坦白到嚇人的句子，是〈與伊努伊特族人一起老去〉最後一段的開頭，收在美國《二〇一六年旅遊散文選》裡。主要寫作者到加拿大北極圈內某小島上去探尋伊努伊特族人過去的殺老習俗，最後目光迴轉寫到老人院去看訪祖父母，見到祖父總是躺在沙發上「休息」，進而回顧祖父一生曲折奔波近乎英雄的感慨。其實既不在寫伊努伊特族人，也不在寫祖父母，而是經由殺老舊俗映照現代人老死的景況。

有些文化有殺老習俗。作者舉了七、八個例子，無不觸目心驚。其中兩個例子我本就知道的，一個是日本舊時將年過七十的老人揹到聖山上拋棄，是許多年前從日片《楢山節考》得知的；另一個是北極圈內伊努伊特族人老了便自己到野外等死，也是好些年前在美國片《狼蹤》裡看到的。《楢山節考》批判殺老習俗，《狼蹤》主旨卻在探討地球暖化對自然生態的影響，伊努伊特族人如何老死只是順便點到而已，仍然那老者擊鼓等死近乎美麗的尊嚴讓我難忘。

25

時間有許多臉孔，最常見也最隱形的是灰塵。

26

生命好像一次又一次的練習，只是人生沒有草稿，沒有複本，沒有十全十美。

27

地質生物學家侯普．葉然回憶錄《實驗室女孩》裡的句子：

「種籽知道怎麼等候。」

「椰子是顆和我們腦袋一樣大的種籽。」

「我們每一個都是既不可能又無可避免。」

28

感覺感覺感覺。

浸泡在感覺裡而不自知。像魚不知身在水裡，像眼睛不知黑暗物質。

淡淡的感覺，強烈的感覺，鈍重的感覺，黏膩的感覺。

喜歡，不喜歡。或者都有，既喜歡又不喜歡。

是感覺給予世界顏彩，是感覺給予語言形容詞，是感覺給予生命曲折起伏。

想要萃取萃取到單單一個詞一個字一個概念，譬如美，譬如善，譬如值得。

然後，突如其來，所有美好傾瀉盡淨只剩了醜惡，在一個疲累脆弱的時刻。

29

喜歡約翰．柏哲爾的散文書《本托的速寫簿》，不久前讀的（電子版）。

很有手記風味，嵌進史賓諾莎的哲學，附帶一些他的素描（有的地方用口水塗抹）。這幾天回想內容，只有少許一些模糊印象，簡直像沒看過，於是又從頭再看。這次放慢腳步細讀，需要時便停下來想，或倒回去重看，或大聲嘟囔史賓諾莎這句是什麼鬼話邏輯在哪裡。

特別喜歡頭一篇，短短幾頁，從自家李樹結實的紫色果皮寫起。某天早晨他畫枝上一把李子，對「一把」這個說法生了好奇。第一張素描不好，越塗越糟，換了畫紙再試。那把李子附近，一隻黑白小蝸牛在一張葉子上吃飽睡著了。第二張還是壞，終於他丟下去做別的事。黃昏時再回去畫，也許因為光線角度不同，上下左右都找不到那把李子，他甚至以為可能找錯了樹。最後看見了那隻蝸牛，往左三十公分便是他那把李子，這次畫成了。過了三天收成，李子經搖撼落地，他跪在地上撿拾，發現五隻黑白蝸牛，一一細看，認出了指引他的那隻嚮導，於是把牠也畫了下來，安在那把李子的右上方，比真實稍大一點。

這篇連同素描，樸素動人，帶著難言的天真無邪。我讀了一次又一次，感染那童稚的喜悅。

柏哲爾剛過了九十歲生日，說：「我能夠說故事，在於用心聽。」其實不止，他還用心看。所以寫了不少畫評和探討怎麼看的書。

30

奈及利亞作家，諾貝爾文學獎得主索因卡在牛津大學演講裡說：「如果川普當選，我就撕掉綠卡，離開美國。」

31

父親舊照，少年英俊。如今病榻孱弱，不堪對比。

「無盡悲哀的脆弱」，英國作家艾里．史密斯的句子。可以改成，無盡脆弱的悲哀。

32

美國作家保羅．貝提在紐約一間小公寓住了二十五年，屋中凌亂，牆上空無一物。寫作在臥房書桌上進行，對他這是最好的地方。他必須熟悉一個地方才能寫作，不然只能張望聆聽。通常是早晨寫，有時晚上，可能寫五分鐘，或五小時。卡住了便出去走走，偶爾放點音樂。關卡沒打通便沒法繼續，只有按順序他才寫得下去。

貝提的長篇小說《全盤出賣》獲得英國二〇一六年布克獎，是第一個獲得這項文學獎的美國作家。曾遭十八家英國出版社退稿，才找到一家小獨立出版社收容。得獎後接受訪談，記者問在寫什麼，他引用另一美國黑人小說家寇森・懷海德的話：「是在給自己一個失敗的空間。」讚歎到幾乎嫉妒：「該死，說得真高明。」懷海德寫黑奴經驗的長篇《地下火車》也是今年出版，得到許多好評，最後獲得美國二〇一六年國家書獎。

貝提在哥倫比亞大學教文學創作，告訴學生重要的不是聽自己聽什麼，而是「怎麼聽，什麼聽進去，什麼沒。」說他母親總笑他喜歡「沒事發生」的電影，好比鬥劍片而不見鬥劍。「在什麼都沒發生的時候，總有什麼在發生。我喜歡尷尬的沉默。」

33

鮑勃・迪倫得諾貝爾文學獎：納悶。

不是他歌詞不好。他的歌詞（尤其是早年作品）可比好詩，眾所公認。只是，因此得文學獎？一時無法消化這件事。

34

英國十九世紀小說家托洛普最後一部小說《定限時期》，想像一個一九八〇年的社會，為了人民福祉，法律規定人民一到六十七歲便必須強制安樂死。

和B討論果真有強制安樂死，要定在什麼年歲的問題。他連想都不願想，理由：社會根本沒有權利做這種事。沒錯，可是……我知道他的意思，也知道他不愛傷無謂的腦筋。

另一部英國小說《別讓我走》，是日裔作家石黑一雄的科幻作品，預見一個利用複製人來更換器官的世界。從複製人的角度來寫，探討未來生物科技的道德問題。

當人越來越長壽，越來越多科技延緩死亡，如何不失自主不失尊嚴老死，也就是如何避免求生不得求死不能，是個今人面對而且越來越難的問題。關係死亡權利，而不是長久以來一味求生的問題。

35

美國有名語言學家和思想家諾門．強斯基八十七歲了，仍教學著書批評時政不斷。記者問他怎麼仍舊精力充沛，答：「騎腳踏車原理。只要繼續騎，便不會掉下來。」

這不是循環論證嗎？如果不先有力氣騎，就沒有所謂繼續騎下去的可能。

36

小人精媽媽生了妹妹，在坐月子中心。白天他到奶奶家，玩著玩著忽然哭起來，想媽媽，不然是想姑婆。姑婆從美國回來幫忙照顧病重的爺爺，住在奶奶家。一次小人精想念姑婆，吩咐奶奶：「你打電話叫姑婆回來，說爺爺好了不需要照顧了。」

37

在圖書館瀏覽新書，在非小說架上看見一本《快樂便是新健康》。書名刺眼已極，連抽下翻翻都嫌。

快樂，或追求快樂這詞，這些年來大眾、媒體甚至學術界已經用爛發臭，比陳腐庸俗更等而下之，形同病菌病毒了。

最後借了六本回家，其中四本和哲學有關。看看那一大疊書，只能嘆氣：怎麼老在哲學裡鑽不出來呢？

38

許久沒買紙本書，新近買了一本：美國搖滾歌手詩人派蒂．史密斯第二本回憶錄《M線列車》（中譯《時光列車》）。

其實已從圖書館借來看過。是一讀就好像觸電的那種書。

鮑伯·迪倫的回憶錄《編年史》，也有同樣效果。

39

客廳舊地毯終於換成石磚，長牆也終於擺滿書架（感謝對面鄰居父子三人幫忙），B將音響搬回架設完畢，此外架上空空，就等開書箱請一年未見的寶貝書上架了。

不再滿屋空牆瞪視問你是誰，漸漸漸漸，這個新家終於有了點我們的氣味。

40

十一月八日星期二，大選日，炎熱如夏，加州時間下午兩點多我們開車到附近高中投票。四座硬紙板投票亭，我們之外只有另一人投票。狹長紙本選票，除了選總統副總統國會議員和一些地方官員，還有十八條公投法案。我們已事先像準備聯考般研究樣本選票做好記號，照抄就是，畫完怕粗心犯錯又再檢查一遍才交出去。從沒一次選舉這樣膽戰心驚。

41

傍晚到家後山散步，半輪月色，已夠投下陰影。

42

接近午夜，大選結果還沒完全出來，希拉蕊已經丟掉賓州，沒指望了。我們關掉電視上樓。在床上看《約翰．奧布雷，我自己的一生》，是投票後到圖書館借的（我並不知約翰．奧布雷是誰），隨手翻看，讀到日記部分一處寫他母親有個朋友在寫一本小手冊《給壞時期的好想法》，心想：我需要這本書。

43

隔天，晚餐後送簡訊給在匹茲堡的友箏。

「投票了嗎？」

「投了，給川普。」

我說你開玩笑吧，他說是真的，他想看川普的牆建起來什麼樣，我說你怎麼了，他說實在沒法抗拒川普的頭髮，我說不要鬼扯，我們什麼地方出差錯居然會養出一個支持川普的兒子來。

胡言亂語半天，他終於承認是鬧著玩的：「放心啦，你知道我的！」

「我差點吐了，簡直要和你斷絕關係。你不知道我們現在多脆弱。覺得天塌了。」

那一刻，我真的脆弱到覺得世界倒反，黑可以變白，兒子不再是我所知道的兒子。

44

這次大選學到：

電腦並沒助長思考，網路並未促進傳布真相。

無知、恐懼、憤恨和偏見、謊言充斥這次選舉。

民主制度建立在選民理性的前提上，這個假設可能根本錯誤。

45

閱讀上的精神分裂：一邊看出版不久的新書，一邊重讀心愛的老書。

蘭帕度薩的長篇《豹子》看了起碼三次。這次再看還是愛，看完甚至立刻想要從頭再來，慢慢品味推敲。相對每次拿起《紅樓夢》重讀總很快放下，自己都覺訝異。

蘭帕度薩是西西里貴族，生於十九世紀末，貴族已經沒落的時代。他花二十五年醞釀這部家族小說，六十歲動筆，一年後完成，沒能出版就死了，才六十一歲。不久書稿落到一位識貨編輯手裡，終於得以出版，很快暢銷，並成為義大利文學的經典之作。英國作家裴娜樂琵．費茲傑羅真正開始寫小說出書也是六十歲，可是比較幸運，一直寫到八十歲。

《豹子》故事原型來自蘭帕度薩外曾祖父一生，透過主角西西里王公法比啟尤（外號豹子）洞悉一切的眼光，寫十九世紀中葉西西里面對獨立革命和民主改制的歷史性時刻。充滿官感的細節和對宇宙生命的省思，觸及面深廣，從天文地理宗教科學建築，到愛情肉欲、美學品味、階級差異和老朽死亡，都有優美深刻詼諧動人的描述。處處是犀利精采讓人叫絕的場面，有時一句千鈞。最撼人的，是豹子對前來邀他參政的宮廷使節解說西西里人心態的一段話：

「在西西里，事情做好做壞並不重要；我們西西里人最不能原諒的罪行只在於『做』。」接下來滿懷感慨解釋兩千五百多年來，西西里人一再受到許多外來強權征服統治而無能為力，已經疲累入骨老朽不堪，除了緬懷過去嚮往死亡，再也無力做任何變遷。

這時我試以豹子的圓熟來看待大選結果：起碼美國人只是蠢，還不至於老朽等死。

也許《豹子》便是我的《給壞時期的好想法》。

九歌文庫 1243

攔截時間的方法：手記書

作者	張　讓
責任編輯	羅珊珊
創辦人	蔡文甫
發行人	蔡澤玉
出版發行	九歌出版社有限公司 臺北市105八德路3段12巷57弄40號 電話／02-25776564・傳真／02-25789205 郵政劃撥／0112295-1
九歌文學網	www.chiuko.com.tw
印刷	晨捷印製股份有限公司
法律顧問	龍躍天律師・蕭雄淋律師・董安丹律師
初版	2016年12月
定價	300元

書號　F1243
ISBN　978-986-450-103-8
（缺頁、破損或裝訂錯誤，請寄回本公司更換）

國家圖書館出版品預行編目資料

攔截時間的方法 / 張讓著. – 初版. --
臺北市：九歌, 2017.01

面； 公分. -- (九歌文庫；1243)

ISBN 978-986-450-103-8(平裝)

855 105022590